LOUIS BOULÉ

# CEUX
# DE CHEZ NOUS

## CONTES DE TERROIR

Les abeilles pillotent deçà delà les fleurs ;
mais elles en font aprez le miel qui est tout
leur ; ce n'est plus thym, ny mariolaine.

ESSAIS DE MICHEL DE MONTAIGNE.

## PARIS

LIBRAIRIE PLON

PLON-NOURRIT et Cⁱᵉ, IMPRIMEURS-ÉDITEURS

8, RUE GARANCIÈRE — 6ᵉ

—

# CEUX
# DE CHEZ NOUS

# DU MÊME AUTEUR

## ONT PARU :

**Poésies** (1878-1885). *Rimes fleuries. — Les Grecques. — Plumes de Cygne. — Poëmes.* Un volume. (*Épuisé*).

**Maman Claudie**, roman. (Extraits du journal de Jean Fleuri.) Couronné par l'Académie française. Un volume.   3 fr. 50

**Dos d'Ane.** *Scènes de la vie militaire au Tonkin.* (Extraits du journal de Jean Fleuri.) Un volume..........   3 fr. 50

**Tourterelle**, roman. (Extraits du journal de Jean Fleuri.) Un volume................................   3 fr. 50

**Ceux de chez nous.** Contes de terroir. Un volume.   3 fr. 50

## EN PRÉPARATION :

**L'Ame fondante**, roman.
**Un Faune**, roman.
**Les Cocrouge.** Mœurs bourgeoises.

LOUIS BOULÉ

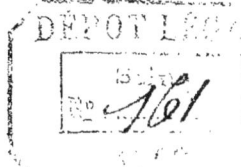
# CEUX
# DE CHEZ NOUS

CONTES DE TERROIR

Les abeilles pillotent deçà delà les fleurs
mais elles en font aprez le miel qui est tout
leur; ce n'est plus thym, ny mariolaine.

ESSAIS DE MICHEL DE MONTAIGNE.

## PARIS

LIBRAIRIE PLON

PLON-NOURRIT ET Cie, IMPRIMEURS-ÉDITEURS

8, RUE GARANCIÈRE — 6e

# BOUT DE PRÉFACE

---

J'aime infiniment le haut Berry et, par-
dessus tout, le petit pays de Cortz où je suis
né, bien que, depuis ma lointaine enfance,
je n'aie pu le revoir qu'à de rares intervalles.
Et, chaque fois, la visite de mon héritage
était bientôt faite, — mes chers parents
n'ayant jamais, que je sache, possédé ni maisonnette, ni lopin de terre sous la calotte des
cieux...

Mais, loin de s'altérer par les longues sépa-
rations, le sentiment qui me lie à ce coin
obscur du sol de France n'a fait que grandir.
L'âme de *Ceux de chez Nous* vibre dans la
mienne, et je voudrais qu'on la sentît palpiter
en lisant ces pages loyales.

*a*

Elle est foncièrement honnête ; sa croyance est faite surtout de fatalisme résigné et de mysticisme catholique. Mais l'empreinte dont les druides l'ont marquée, il y a deux mille ans et plus, dure encore. (Car, ne l'oublions pas : de toutes les régions de l'ancienne Gaule, ce sont la Bretagne et le Plateau Central qui ont le mieux conservé les mœurs et les traditions des peuplades primitives, — se trouvant naturellement, par leur situation géographique, mieux protégés que les autres contre les grandes invasions barbares.) C'est ainsi que, sans aucun parti pris, j'ai tâché de la peindre, l'âme de chez nous. A cet effet, j'ai dû étudier notre idiome berrichon. Eh bien ! quoique tombé aujourd'hui en roture, il reste, comme ceux qui le parlent, de lignée gauloise absolument authentique, rappelant encore, selon l'illustre comte Jaubert, « ces nobles Bretons réduits par le malheur des temps à déposer l'épée de leurs aïeux pour tenir le manche de la charrue ». Depuis que la langue nationale s'est fixée, nombre de mots français, affreusement défigurés par une prononciation iroquoise, se sont glissés peu à peu dans notre patrimoine provincial... l'écrivain écartera sans miséricorde ces intrus malotrus : ils n'ont aucun droit de cité dans l'idiome berrichon. De sa nature, celui-ci me paraît clair, vivant, plein de saveur, d'un tour naïf et pittoresque, ne manquant ni d'esprit, ni de grâce. Bref, c'est le vieux français tel à peu près qu'on le pratiquait il y a quatre siècles.

Quoi qu'il en soit, retrouver dans le texte des Villon, Marot, Rabelais, Montaigne, Amyot, Brantôme, Rutebœuf, d'Aubigné, Ronsard, Mathurin Régnier, etc., certaines locutions désuètes et jolies que m'ont apprises, tout enfant, *Ceux de chez Nous*, me cause toujours un plaisir exquis.

Ah ! que j'aurais bien voulu mettre en ces *Contes de terroir* un peu de la « substantifique

moelle » de mes auteurs favoris!... Ai-je
réussi? Ce n'est pas à moi de répondre, mais
je crois que le public finit toujours par rendre
justice à la probité de l'écrivain digne de ce
nom.

Tout conteur doit être poète et artiste : la
Poésie apporte le don suprême de la vie au
Réel pétri ou créé par nous, et l'Art, préci-
sant les contours, assure et fixe le sens de la
beauté.

Je tiens au suffrage des esprits délicats
et des cœurs simples et bons; il me serait
donc fort pénible de les effaroucher, puisque
j'écris surtout pour eux. Je les prie de bien
vouloir me pardonner ce qui, dans ce livre
surtout objectif, leur paraîtrait de mauvais
aloi. Telle et telle libertés que je prends ne
sont pas toujours de mon goût. Il m'arrive
d'employer le mot brutal; mais je le fais à
regret, quoique sans hésitation, dès que les
circonstances exigent ce sacrifice. Sinon,
comment peindre au naturel certains types

curieux (*Gendron*, par exemple) que j'ai pris
sur le vif?

— Voilà des scrupules un peu bien dé-
modés, mon pauvre ami, et d'ordinaire
ceux qui les ont s'en débarrassent vite,
me dit quelqu'un, avec un sourire nar-
quois.

— N'importe! je les garde.

Simple imagier épris d'art, j'essaye de
peindre avec soin, en conscience, voilà tout.
C'est l'ancien système et, crois-m'en, c'est le
bon. Au jour d'aujourd'hui, trop de gens de
notre métier sont en gésine continue et
le crient à tue-tête, car ils veulent qu'on
le sache. Tant pis pour eux! Quant à moi, je
n'envie pas leur fécondité... Poule qui pond
trop fait des œufs clairs, dit fort justement
maître Jean Baffier... Je me tiens même en
dehors des coteries puériles qui prétendent
ressusciter nos provinces : nos provinces ne
sont pas mortes; elles n'ont donc, pour vivre,
aucunement besoin de ces thaumaturges.

Un mot encore.

Parmi les lecteurs de mes Contes régionalistes, ceux à qui les mœurs rurales ne sont
pas familières trouveront peut-être que j'attribue aux animaux domestiques une importance exagérée. Ils auraient tort, je crois,
car, en vérité, les bêtes jouent un rôle fort
considérable dans la vie des simples; et si,
jusqu'à ce jour, les écrivains n'ont pas assez
tenu compte du fait, le fait reste néanmoins
parfaitement établi. Chez nous, elles ont
même souvent des prénoms, tout comme les
chrétiens; et le terme « bête baptisée », dont
on se sert ironiquement pour désigner un sot,
n'est point de mon invention.

En parlant à ses bœufs, le métayer dira
donc : « Hé!... Rousseau, Ramagé, Marjolain! »; la fermière vantera le lait de ses
bonnes vaches, Laita, Garelle ou la Blonde;
le coquetier donnera le picotin à sa petite
bourrique Ursule, Tricoteuse ou Phrasie; et
la bergerette fera des niches à son brave

chien Bilou, Bas-Rouge ou Brisquet...

Pour le paysan, les animaux sont des associés, et — soit dit en passant — des associés plus fidèles et plus sûrs que bien d'autres.

L. B.

# LE JOUEUR DE VIELLE

# LE JOUEUR DE VIELLE

A Mme Jules Pravieux.

## I

Autour du foyer de Saint-Gris (un petit domaine berrichon perdu dans les bois), il y avait, ce soir-là : le métayer Jean Bédais, veuf depuis trois ans, — la vieille tante Nanette, criarde comme une pie-grièche et tenant la maison en place de la défunte, — Giton, le valet de ferme, si dur à la peine pendant le jour, mais ne sachant plus, le soir venu, que se rôtir le dos devant la flamme, — enfin, le chien Bilou. Quant à Zalie, la fille de maître Jean, elle dormait déjà dans son alcôve.

Au-dessous de la crémaillère veloutée de suie, entre les clairs landiers de fer, une souche de chêne gisait, ayant au flanc une ceinture de charbons ardents qui la dévoraient, pendant que des gouttes d'eau venaient couler, comme

des larmes, à ses extrémités mutilées. Sur la
table massive, au milieu de la pièce, la lampe
luisait doucement, et l'ombre s'était réfugiée
dans les coins, derrière les meubles dressés le
long des murs...

Toc! toc!

— On frappe! dit le métayer.

— J'en crois ren, fit la vieille Nanette,
sans interrompre le ronron de son rouet,
j'en crois ren du tout. Par ce temps du diable
et si tard (neuf heures vont sonner), quel chrétien pourrait encore traîner ses guêtres su'
l'chemin d'ici, au risque de tomber dans les
ravines ou dans l'étang? Les courandiers ronflent au fond des granges et les braves gens
au fond de leurs lits, à moins qu'ils ne veillent,
comme nous, au coin du feu. C'est la bourrasque
qui fait trembler par secousses la porte sur
ses gonds... ren de p'us. Averses glacées, tour-
billons de neige ou de grésil, vent de galerne
ou de bise en veux-tu en voilà, autant de vilains
tours que nous joue l'hiver avant de lâcher
pied : il trouve peut-être que les pauvres gens
n'ont pas assez pleuré!

— Le *barriau* de la cour grince sur son pivot et claque à grands coups contre la clôture, répondit le métayer. M'est avis, tante Nanon, que vous avez oublié de mettre la hart.

— Par exemple! répliqua la vieille femme, vexée de l'observation. Je l'ai mise comme d'habitude et, si quelqu'un l'a enlevée...

Toc! toc! toc!

Le bruit, que maître Bédais avait ouï tout à l'heure, retentit trois fois, à coups secs, coupant net la tirade que Nanon allait servir. Nanon avait l'oreille dure et n'aimait point qu'on s'en aperçût.

Allongé devant les braises mourantes, Bilou dressa la tête, fronça le sourcil et se mit à hogner :

— J'avais bien entendu tout de même, remarqua simplement maître Bédais.

Et il s'en fut vers la porte. Mais avant de faire crier la corillette :

— Qui est là? demanda-t-il.

— Ouvrez, s'il vous plaît! fit une voix timide, je suis égaré.

Et, sur la nuit pleine de rafales et de giboulées

cinglantes, apparut un enfant d'une douzaine d'années, vêtu d'une misérable limousine dont le bas en loques pleurait comme une gouttière.

— C'est-i Dieu possible! murmura Nanon en se signant... Un p'tit gars perdu, un Menne-tou-la-Misère, ben sûr!

— Entre, gringalet, puisque te voilà! dit le métayer à l'enfant qui n'osait faire un pas. Une bonne flambée de ramilles va te remettre d'aplomb.

Et maître Bédais poussa doucement le petit homme vers le manteau de la cheminée.

— Assieds-toi!

Mais le chien continuait de gronder, et le petit gars à la limousine, tout en obéissant, regardait de côté, pris de crainte. On lisait de la détresse en ses jolis yeux noirs. Pour le rassurer, Jean Bédais ajouta :

— Bilou se fâche toujours un peu, c'est son métier; mais il ne mord point. N'aie donc peur.

De fait, Bilou, quoique hirsute et barbu comme un vieux traîneur de route, avait une bonne figure plus risible que menaçante; et, certain à présent que le nouveau venu était

moins à blâmer qu'à plaindre, il reprit son
sommeil, le museau allongé sur ses pattes, vers
les tisons.

Puis la vieille Nanon enleva la limousine
mouillée, l'étala sur le dos d'une chaise, pour
la faire sécher. Maître Bédais jeta la moitié
d'une bourrée sur le feu. Une flamme pétillante et vive se mit à danser joyeusement entre
les landiers clairs. Et bientôt les hardes fumè-
rent, le visage intelligent et doux de l'enfant
reprit couleur, un sourire courut sur sa lèvre
et dans son regard. Pourtant, il restait toujours
muet, bonnegent!

— Eh! d'où viens-tu, mon agneau? demanda
Nanon.

— De bien loin, allez! répondit l'enfant. Je
gardais les brebiettes chez maître Cocret, au
Grand-Charnay, de l'autre côté de Cuffy. Il m'a
battu sans raison, je me suis ensauvé, — voici
trois ans déjà que ma mère est morte et je n'ai
plus personne pour me défendre.

— Il reste du bouillon dans la marmite et des
légumes, hasarda Nanon, prise de pitié.

— Eh bien! dit maître Bédais, taillez au

chanteau, trempez la soupe : il doit avoir une faim de loup, ce petit homme.

Versé sur les fines tranches de pain bis, le bouillon fumant les fit gonfler, et de l'écuelle s'exhala une savoureuse odeur de choux, de raves et de carottes.

— Tu vas bien manger tout ça? dit le métayer.

A cette idée, l'innocent se mit à rire. Et il fit honneur à la bonne soupe de tante Nanette, on peut le dire, car il n'en laissa mie. Il balbutia un remercîment.

— Mais comment t'appelles-tu?

— Jean Firmin.

— Eh bien! Jean Firmin, chauffe-toi tant qu'il faudra; puis je te conduirai à la bergerie où tu dormiras, poings fermés, jusqu'à demain. Il y fait bon. Ensuite nous aviserons. Ma fille Zalie va suivre l'école, sitôt Pâques, dans un mois. Il me faudra donc un berger pour conduire les *ignelles* au champ. Demain, c'est justement la foire à Nérondes. J'y verrai maître Cocret. Si les renseignements sur toi sont bons, tu pourras rester à Saint-Gris garder mes *oueilles* ou partir plus loin, à ta convenance!

## II

— Vrai, dit Cocret, ce ch'tit Jean a du bon
et i'm'f'ra faute; seulement, ça n'use point sa
langue à la parlote. C'est in peu songeux et,
pour ren, ça chiâle comme eune fille. Qu'i'
r'venne, j'veux ben le r'prendre.

Jean Bédais était fixé maintenant : Firmin
n'avait fui du Grand-Charnay que pour échapper
aux mauvais traitements. Sans doute Cocret
ne l'avait pas avoué; mais son silence là-dessus
en disait long quand même, car on mesurait
l'homme à son aune dans le pays. Tous les
jours de marché, il rentrait ivre à la maison
et, bien qu'il fût, au demeurant, le plus doux
des hommes, il n'y avait vilaine querelle qu'il
ne cherchât à son entourage, dès que l'alcool
lui travaillait le sang. Pour un oui, pour un non,
il levait ses poings énormes et s'avançait plein
de menaces. Quand elle le voyait ainsi, sa femme

tremblait, comme un pauvre chien battu...

Jean Firmin entra donc à Saint-Gris, moyennant deux pistoles et deux paires de sabots, jusqu'à la louée prochaine. Puis l'engagement se fit dans les conditions ordinaires; on le renouvela même plusieurs fois, le maître et le petit berger s'entendant fort bien.

En prenant ses nouvelles fonctions, celui-ci eut chance de trouver sur place un collaborateur dont, certes, l'appoint n'était pas à dédaigner. Tout *bourillou*, avec sa tournure grotesque et sa barbiche de pauvre diable, on ne pouvait faire sans rire l'examen de sa personne, mais il gagnait quand même votre confiance, car il était chien dévoué, loyal, et s'appelait Bilou. Par suite d'un accord... tacite, naturellement, les deux copains, Firmin et Bilou, se partagèrent donc la besogne.

Le troupeau se trouvait-il au tect? Firmin seul devait trimer. Il faisait diligence, distribuait le foin aux moutons, manœuvrait le tire-fiente, conduisait le fumier au jardin, renouvelait la litière, tirait de l'eau, balayait la cour, nettoyait tous les coins. Pendant ce temps-là, Bilou faisait la dormille dans sa niche ou flânait au hasard, donnant quelquefois de rudes transes aux volailles de la vieille Nanon, pour tuer le temps, ou poursuivant un chat qui, serré de près, sautait d'un bond sur l'échelle, gagnait l'arête du toit et se léchait indolemment la patte devant la figure penaude de l'autre. Ces fréquentes mésaventures mettaient Bilou de méchante humeur. Il aboyait pour rien : un vol brusque de passereau, un cocorico de jau, un glouglotement de dindon

Mais lorsque le troupeau était au pacage, le vrai berger, c'était Bilou : il ne lui manquait guère que la houlette, — et il n'avait pas besoin de sceptre pour établir son autorité. Grave, sur son séant, il surveillait, sans en avoir l'air, toutes les allées et venues des brebiettes. La chaleur, l'éclat du soleil le faisaient clignoter. On le croyait assoupi. Une ignelle étourdie, voulant profiter de l'occasion, s'avançait un brin dans la zone interdite à sa gourmandise. Aussitôt le vigilant gardien s'élançait, faisant un long détour, comme pour mieux constater

le flagrant délit, fonçait sur la coupable, lui donnait prestement au jarret un coup de croc, pendant qu'elle mâchait encore le fruit de son péché.

Alors Firmin, lui, n'était plus qu'un songeux,
comme disait Cocret.

Le printemps venu, les journées étaient blondes, la terre sentait bon. En dépliant leurs
feuilles neuves, les arbres frémissaient d'aise
en la tiédeur du ciel bleu et, près de leurs
couvées qui commençaient à prendre plumes,
les bouvreuils, les loriots, les verdiers, les mé-
sanges et les linottes lançaient éperdument
leurs vocalises. Firmin aimait les jeux de la lumière et des couleurs, la féerie des couchers de
soleil dans les eaux mortes de l'étang, les déli-
cieuses émanations des plantes, — mais les
sons, la voix des choses, voilà surtout ce qui le
ravissait.

Il écoutait aussi de mystérieuses harmonies
sourdre en lui, et son impuissance à les formuler
le rendait tout mélancolique.

En été, pendant que ses brebiettes se promenaient sur les pentes avec ce doux bruit

qu'elles font en tondant l'herbe, ou se reposaient
à l'ombre des vieux ormes, Firmin, qui avait
abdiqué le pouvoir en faveur de son ami, ne
pensait point à le reprendre. Il s'étendait sur
un lit de mousse, non loin de la Font-Lizette
dont l'eau pure coule et riaule parmi les iris,
au beau mitan du val.

La nuque dans les mains, les yeux baignés
d'un azur caressant et tiède tamisé par les
feuillages, et la chanson de la source le berçant,
il suivait le vol capricieux de ses songes et un
lumineux sommeil emmenait insensiblement
son âme vers ce chimérique pays des poètes
où l'on entend d'ineffables musiques aériennes
qui jamais n'arrivent jusqu'à nous, profanes...
Puis l'enchantement prenait fin et le petit
berger revenait à lui. La vie réelle n'était, pour
ainsi dire, que le prolongement de son rêve.
Là-bas, le soleil s'inclinait déjà vers l'étang
qui resplendissait comme un grand bassin d'or.
Ici, la Font-Lizette gazouillait toujours : les
mêmes pierres lui barraient passage; elle montait, enveloppante et fluide, cherchant une
issue et, l'ayant trouvée, tombait en claire cas-

catelle derrière l'obstacle; puis, vive, pétillante d'écume, espiègle, chatouillait dans sa
fuite le pied noir des vieux aunes et, d'un bond,
sautait en s'écrasant au fond d'une gorge de
roches bleues...

Ah! que cette Font-Lizette le comprenait
bien! Elle égrenait un rire perlé comme un air
de flûte ou gémissait doucement, selon que
Firmin avait lui-même du soleil ou de la brume
dans l'âme. Lequel des deux prenait donc par
reflet l'humeur changeante de l'autre? Le petit
berger ne se posait pas la question; il se demandait tout naïvement : « Est-ce que la Font-
Lizette souffre aussi d'un chagrin caché? Elle se
plaint aujourd'hui comme une sœur dolente! »

Quand Firmin s'inquiétait ainsi de pénétrer
le secret des choses, il touchait quatorze ans.
Ce fut alors que l'amour s'éveilla dans son
cœur. Zalie Bédais venait de faire sa première
communion. Il l'avait vue, couronnée de roses
blanches et si pâle sous le grand voile, s'avancer
à pas muets vers la sainte Table, le jour de la
Fête-Dieu! Cette image de la fillette en robe
d'épousée ne s'effaça jamais de son esprit. Aux

longues heures des songeries solitaires, que de
fois par la suite elle passa devant lui, gracieuse
et glissante, comme une apparition! Car il pensait plus que de raison aux jolis yeux de Zalie.
En rentrant, le soir, il apportait souvent des
fleurs sauvages qu'il offrait timidement à la
vieille Nanon. Quoique flattée du naïf hom-
mage, celle-ci ne le gardait jamais pour elle;
elle en ornait la chambre de la petite, attentive
à les soigner, ces fleurs, à les arroser, tant que
durait leur vivante fraîcheur... C'était bien ce
que désirait le tendre pastoureau. Zalie avait-
elle deviné le secret de son précoce amoureux?
L'affirmer serait téméraire. Pourtant, l'esprit
des *gasoutes* de chez nous s'éveille joliment
vite aux choses d'amour...

Quoi qu'il en soit, le pauvre songeux était
bien pris. Son trouble était si délicieux et si
angoissant qu'il gémissait de ne savoir l'exprimer. Où trouver, où trouver le langage qu'il
fallait? Les mots naïfs du parler berrichon lui
trottaient dans la tête; mais il en sentait toute
l'insuffisance, il redoutait les moqueries, et
cela ne faisait qu'aggraver son tourment.

Certaines veillées d'hiver, lorsque la maisonnée se trouvait réunie autour du foyer, il éprouvait si grand malaise qu'il lui arrivait de se lever en disant : « Bonsoir, la compagnie! » et de se retirer.

— Es-tu malade? lui demandait-on.

— Je ne me sens pas bien.

Et vite il allait dans la bergerie se jeter sur sa couche, pour sangloter tout son content.

O mon Dieu! comment dire ce qui l'étouffait?

A l'époque où la sève est en travail, il fit, un jour, avec de l'écorce de saule, une espèce de *cornadouelle* qui sonnait doux, comme la musette de Compagnon entendue au loin. Quelle ivresse! Il ne put fermer l'œil de la nuit. Le cher instrument était allongé sur son cœur, dans la paille; il le caressait avec amour, sans oser le porter à ses lèvres. Pourtant, que d'airs jolis, jolis, sortis je ne sais d'où, s'agitaient confusément autour de lui, ne demandant qu'un peu de souffle pour venir gazouiller au bout de la flûte, comme des loriots avant de prendre vol... Mais pouvait-il réveiller le ber-

cail endormi, réveiller surtout maître Bédais
dont l'oreille fine n'était point, comme celle
de tante Nanette, facile à duper? Il dut attendre jusqu'au lendemain, quand il serait
au champ. Alors, en avant la cornadouelle!
Hélas! l'écorce fraîche s'était rétrécie et gercée
pendant la nuit : il n'en sortait plus que des
sons rauques. Il jeta l'instrument avec colère
et l'écrasa d'un coup de talon.

Cette mésaventure le fit se renfermer encore
plus sur soi-même. Il devenait taciturne, absorbé; il oubliait souvent de répondre aux
questions posées. Il attendait le dernier moment pour ramener ses moutons à la bergerie.
Et le troupeau, conduit par le fidèle Bilou,
était déjà rentré dans la cour, que Firmin
s'attardait encore, derrière la ferme qu'enveloppait le crépuscule, tendant l'oreille pour
écouter un rossignol dont les premiers trilles
s'élevaient des bois lointains et tombaient,
comme des gouttes d'harmonie, sur le seuil
mystérieux de la Nuit.

— Hé! Firmin, lui dit maître Bédais qui le
surprit ainsi, les yeux extasiés, Firmin, que

2

fais-tu donc là? Où sont tes oueilles? Le loup
ne t'en a point pris?

— Non, maître, répondit le songeux en rougissant. S'il en manquait une seule, ni Bilou,
ni moi ne serions ici!

## III

Le petit gars qui débute en service comme
pâtre ou *bricolin* dans une ferme de chez nous
change d'emploi, monte en grade vers sa seizième année : il devient boiron, puis valet et
ne commence vraiment à compter qu'après
avoir gagné ses galons et fait ses preuves.

Le moment approchait où Firmin serait en
âge d'être boiron, c'est-à-dire « d'apprendre
à toucher les bœufs ». Et c'était pour le songeux un gros souci, car le cheptel de son maître
ne comprenant pas de bœufs, il se voyait forcé
de quitter le domaine de Saint-Gris, quand il
faudrait commencer son nouvel apprentissage.

Trompé par l'air chétif et la taille du berger
restée courte en dépit de ses quinze ans passés,
maître Bédais ne se préoccupait guère de la
prochaine séparation; mais Firmin, sans rien
dire, y pensait pour deux. Il lui faudrait, un

jour ou l'autre, quitter tout ce qu'il aimait :
le petit domaine perdu au milieu des bois où
la vie, malgré tout, coulait si douce, — la Font-
Lizette qui lui parlait à l'âme, — les gentes
brebiettes dont chacune venait joyeusement
à lui, dès qu'il l'appelait par son nom, — Bilou,
le fidèle et vieux camarade, — tante Nanon,
un peu bourrue sans doute, mais si brave pourtant, — Jean Bédais, le maître débonnaire, —
Zalie surtout, Zalie si mignonne et si jolie sous
la calinette berriaude, avec son minois rose,
ses yeux bleus rieurs, ses cheveux dorés comme
les seigles et ses petits seins qui commençaient
à pommer sous le corsage!

« M'en aller, il faudra m'en aller d'ici!... »

Maintenant, au lieu de se tenir à l'écart
comme autrefois et de s'enfoncer en des songeries sans fin, il venait s'asseoir au champ près
de Bilou et le flattait en balbutiant des choses
douces. D'abord, le pauvre chien paraissait
plutôt gêné, car il avait conscience de sa lai-
deur; puis il en prenait son parti, léchant même
la main caressante avec une brusquerie comique.

Les agnelles aussi se faisaient plus gentilles et
il leur tendait par jeu des tiges de serpolet
fleuri dont elles étaient friandes. Et quand il
leur disait : « Bientôt je ne vous aurai plus,
mes chères petites belles! » une larme germait
au coin de son œil. Puis, avec un naïf abandon,
il leur confiait tout son mal, sachant bien que
sa tendresse ne serait point par elles tournée
en dérision. Mais aux gens de la ferme il ne
pouvait point.

Un jour, pourtant, il osa parler. Voici dans
quelles circonstances :

C'était par un bel après-midi de mai. Il
essayait une flûte rustique récemment façonnée,
pendant que Bilou gardait les ouailles. L'air
s'échappa du pipeau et monta d'un coup d'aile,
comme une alouette sur les champs. Et la
mélodie, après avoir développé son vol à travers
les tonalités qui tour à tour l'éclairaient ou
l'assombrissaient, mourut en plainte tremblante.

— Oh! Firmin! Firmin, recommence : mon
cœur chante et saute à suivre ta musique!

C'était Zalie qui montrait sa frimousse blonde entre deux rameaux écartés. Ayant de loin entendu la flûte, elle était accourue.

Firmin ne se fit point prier. De toute son âme il recommença le motif. Quand il retira de ses lèvres l'harmonieux pipeau, il s'aperçut que les yeux de la fillette étaient baignés de larmes.

— Ainsi, vous pleurez, Zalie!... Et moi qui voulais vous faire plaisir!

— Ah! Firmin, dit-elle, ton *flûtiau* parle et m'a remuée et je n'ai pu me retenir; mais, je t'en prie, n'en dis mot à mon père.

— Soyez tranquille : maître Jean n'en saura rien.

— A propos, d'où tiens-tu musique si câline? demanda-t-elle.

— Je l'ai composée tout seul. Et je l'appelle l'air de la Font-Lizette, car c'est le murmure de l'eau courante qui me l'a inspiré.

— Retiens bien cet air-là! répliqua Zalie, tu me le joueras, s'il plaît à Dieu, le jour de mes noces.

— Hélas! dit Firmin, où serai-je alors? A la Saint-Jean prochaine, je dois quitter Saint-

Grís. Ce soir même je préviendrai maître Bédais. Et je m'en irai dans le pays de Dornes, en Nivernais, où sont les plus grands vielleux du Centre; je prendrai leurs leçons et, dans quelques années, on parlera de Jean Firmin. Maintenant, si vous l'exigez, je reviendrai le jour de vos noces...

— Ha! qu'as-tu donc? fit-elle, en éclatant de rire. Qu'est-ce qui te prend? Je me sauve. Tes yeux brillent comme des étoiles et tu fais de grands gestes... On dirait que tu veux te garer des mouches!...

# IV

La veille de la Saint-Jean, maître Bédais
manda Firmin et lui parla en ces termes :

— Avant de te voir nous quitter, je tiens à
te dire, mon garçon, que je ne suis point mal
content de tes services et que si j'avais des
bœufs dans mon cheptel, je te garderais de bon
cœur ici, puisque tu veux être boiron. Mais les
trois vaches Laita, Garelle et la Blonde, notre
vieille jument poussive (la Coliche, pour l'ap-
peler par son nom), la bourrique noire entêtée
comme une Auvergnate, vingt-six brebiettes
et Bilou, s'il faut le compter, suffisent pour
manger mon revenu. Demain comme hier, la
Blonde et Garelle traîneront encore la charrue;
la Coliche, pour ménager l'Auvergnate, ne refu-
sera pas son coup de collier; et, sans dépenses
nouvelles, j'atteindrai bien le moment de céder
le domaine à mon futur gendre. Quant à toi, tu

t'en vas plus vite que je n'aurais cru, car tu n'es
pas trop solide pour ton âge, soit dit sans t'of-
fenser. Enfin, tu veux partir... à ta volonté,
mon garçon! Voici ton dû. Adieu donc, Jean
Firmin, et bonne chance! Si jamais tu reviens
dans le pays, rappelle-toi que tu seras toujours
honnêtement reçu à la maison.

Après avoir remercié maître Bédais de ses
paroles et dit bien le bonjour à toute la compagnie, Firmin sortit par la porte de derrière,
de façon que Bilou ne le vît point; et longeant
la lisière des bois en tournant à gauche du
Champ-Tondu, il se glissa dans la futaie et vint
déboucher sur la grand'route de La Guerche
à Mouësse, en Nivernais, où la « loue » devait
se tenir le lendemain. C'était quatre heures de
l'après-midi. Il faisait beau. De hauts frênes
s'élançaient en bordure le long des accotements,
et leurs feuillages, baignés par le soleil penchant, faisaient sur la chaussée blanche, au
passage de brises intermittentes, des jeux de
lumière et d'ombre.

Le pauvre butin du songeux n'était pas lourd,
bonnegent! Une blaude de rechange, deux

rudes chemises bises, un pantalon de treillis,
— le tout enroulé, serré dans un mouchoir par
a vieille Nanette et formant un « balluchon »
que Firmin avait fixé au bout de son bâton
et portait allégrement. Non pas que le petit
abandonné fût en joie, puisqu'il s'éloignait
de Saint-Gris où restait Zalie; le chagrin lui
gonflant le cœur, il se hâtait bravement, sans
détourner la tête. Parfois, sentant ses yeux se
mouiller malgré son courage, il murmurait
une chanson du pays, trempée de mélancolie :

> M'a dit un oiseau sur la branche :
> Pourquoi prends-tu, d'un cœur léger,
> Pourquoi prends-tu la route blanche
> Qui mène en pays étranger?
>
> Ai répondu : Je suis ma peine.
> Vais-je en pays proche ou lointain?
> Je ne sais. Mon chagrin me mène,
> Et je cause avec mon chagrin.

Il marchait déjà depuis longtemps. Il avait
franchi le pont de la Loire, traversé Fourchambault, une petite ville noire d'usines dont
les hautes cheminées, dressées au nord, cra-
chaient dans le ciel pur une vilaine fumée.

Craignant de s'égarer, — jamais il n'était venu si loin — il demandait aux passants : « Le chemin qui conduit à Mouësse, s'il vous plaît? »

— Va tout dret, mon p'tit gars!

Et il allait. A nuit tombante, il se trouvait à l'entrée de la ville. Une auberge était là. Il se fit servir une écuellée de soupe, une grillade de cochon, un verre de vin, et se coucha.

Le lendemain, dès neuf heures, il était à la loue.

Un gros fermier du Nivernais, M. Breugnot, séduit par sa mine intelligente, l'engagea tout de suite pour quarante écus. Rendez-vous fut pris à l'hôtel de Nièvre pour une heure de l'après-midi, exactement. Quand Firmin parut, la charrette anglaise qui devait l'emporter était prête. Un magnifique bélier, acheté le matin même, occupait l'arrière du véhicule; sur le siège de devant prit place le futur boiron, à gauche de M. Breugnot. En route! La charrette fila comme le vent.

Après des arrêts à divers domaines échelonnés le long du trajet, on atteignit Parenche un peu avant minuit...

M. Breugnot était un de ces bons vivants qui ne demandent qu'à voir le monde heureux dans leur entourage. Un peu bedonnant, le teint fleuri, il n'avait qu'un défaut, au dire des mauvaises langues : il était un brin porté sur sa bouche. Il approchait de la cinquantaine et n'avait pas d'enfants. Sa figure aimable et réjouie, sa barbe soignée, les toilettes de sa femme, le train de la maison, la belle tenue du domaine, — tout disait la prospérité du brave homme.

De la route, qui contourne le pied des collines où sont construites en ligne les Chétives-Maisons, l'on arrive par une allée entretenue avec soin à la vaste cour clôturée de murs dans laquelle s'élèvent les trois grands bâtiments symétriques de Parenche. Rien qu'à voir les chariots, les tombereaux et les divers instruments d'exploitation agricole rangés dans cette cour ou sous les hangars, on a idée de la tenue et de l'importance de la ferme de M. Breugnot.

Outre le menu bétail et les vaches laitières, le cheptel de M. Breugnot comprenait deux juments d'attelage, six chevaux de labour, huit paires de bœufs magnifiques, limousins et charolais. Il en fallait, du monde, pour assurer le fonctionnement du service! Aussi, quand tous les gens étaient réunis, le soir, autour de la soupe, on ne comptait pas moins d'une quinzaine de valets, mâles ou femelles. Jean Firmin y prit place, entre les deux boyers, Mariton et Pierry, chargés de l'éduquer.

Ah! les rustres lâches et sans pitié! Leurs quolibets stupides sur la petite taille et la timidité du nouveau boiron ne tarissaient pas; ils trépignaient d'aise, quand leurs rires épais tiraient des larmes à leur victime.

Et puis — il faut le dire — les débuts du pauvre Firmin dans son nouveau métier furent lamentables : le labourage est extrêmement difficile en ce pays de Parenche. Des collines tourmentées s'y croisent en tous sens et font du sol une série de pentes courtes et raides. De plus, une partie des terrains, récemment encore occupés par des bois, sont loin d'être défrichés à fond; souvent la charrue se heurte à des racines cachées; les bœufs piétinent, sans pouvoir avancer : il faut une main ferme, expérimentée, qui les enlève. Dans ces conditions, l'insuffisance de Firmin, malgré tout le bon vouloir qu'il montra, fut vite constatée et les deux vilains boyers s'empressèrent de la faire éclater devant M. Breugnot. Bref, il fut décidé que Firmin ne pourrait rester à Parenche que s'il consentait à garder les moutons, comme par le passé. Dure humiliation à laquelle il fallut bien pourtant se résigner. D'ailleurs, le fermier eut la générosité de ne pas rogner les gages convenus : « Tu gagneras quand même tes quarante écus; mais si ta taille s'avise de diminuer, je ne réponds plus de rien! »

Firmin le Chétif, comme on l'appelait maintenant, dévora son affront en silence, et il se mit aux ordres du vieillard chef de la bergerie; mais ces brebis, qu'il soignait par devoir, lui semblaient étrangères; il ne pouvait leur donner toute son amitié comme aux autres, — et le remords d'avoir quitté Saint-Gris ne faisait qu'aviver son présent malheur.

Il finit pourtant par se consoler, car, en réfléchissant, il comprit que sa mésaventure, au lieu de nuire au projet qu'il avait conçu de devenir fin vielleux, le favorisait plutôt. En effet, le jour, en gardant ses bêtes, il pourrait étudier les livres, façonner des « musiques » et, durant les veillées, suivre l'école du soir. Justement, Parenche n'était pas loin du village. Il en profiterait. Pendant deux hivers consécutifs, il ne manqua pas une séance et, comme il avait soif d'apprendre, il fut vite en mesure de se tirer d'affaire.

La grosse Catherine, la maîtresse servante qui ne savait A ni B, mais qui avait l'habitude, chaque mois, d'envoyer de ses nouvelles à sa mère restée au fond du Morvan, eut l'idée un jour de mettre à contribution le savoir du berger. Le Chétif s'y étant prêté de bonne grâce, elle déclara qu'il tournait plus joliment une lettre que le magister lui-même. Et, avec la générosité des cœurs simples, elle le prit sous sa protection. Cela fit cependant jaser un peu les mauvaises langues. L'une d'elles alla jusqu'à lui dire que si le Chétif était son bâtard, elle n'en ferait pas plus. Catherine, qui savait riposter à propos, se chargea de clouer le bec à l'insolent.

— Vraiment, tu crois ça, mon joli cœur? Un

mot de plus te vaudra une paire de gifles. Mais tu sauras que, dans mon pays, seules les femmes mariées font des enfants et n'ont jamais pondu un polisson de ton espèce!

Un jour, M. Breugnot, qui ne manquait jamais une foire de Mouësse, avait emmené Firmin avec lui. Le berger flânait par la ville, en attendant l'heure du départ, quand un livre nouveau, *Vielles et Cornemuses*, en montre chez un libraire, attira son attention. Il l'acheta et le fit disparaître, comme un larcin, dans la poche intérieure de sa blouse. Les jours suivants, il ne se lassa point d'en lire et d'en relire les pages où sont contées les aventures de Richard Cœur-de-Lion et du trouvère Blondel, les amours de Blanche de Castille et de Thibaut, comte de Champagne... Ah! qu'il était loin, l'âge d'or où les ménétriers « chantaient et viellaient si doucement que les tourments d'enfer cessaient rien qu'à les ouïr! » Et saint Louis, qui dispensa de toute taxe les pauvres jongleurs, les obligeant seulement, en guise de péage, à jouer un air de vielle ou à dire une

chanson, — semblait au Chétif le plus grand
roi de la terre. Quoi! les vielles rustiques et les
cornemuses qui, après tant de siècles, enchan-
taient encore les hommes, avaient jadis vibré
sous les doigts fins des reines, et même « la douce
mère Dieu ama son de vielle? »

Alors, plus irrésistible que jamais, l'ambition
de dompter par la musique ceux qui vivaient
autour de lui entra dans l'esprit du Chétif.
Toutes ses menues épargnes y passèrent, mais
il eut « sa vielle ». Entre temps, il visita tour
à tour les maîtres sonneurs les plus renommés
de la contrée, demanda leurs conseils, reçut
leurs leçons; et, par son application intelligente
et passionnée, il devint bientôt leur rival.

Naturellement, les gens de Parenche furent
les premiers à fêter ses débuts. Par les beaux
soirs d'été, on s'assemblait dans la cour  de
la ferme. Une barrique était dressée, le Chétif
y montait, sans se faire prier, et en avant la
musique! Rondes, branles, bourrées et pas-
tourelles s'échappaient tour à tour de la vielle
enchantée; des couples se formaient, tour-
noyaient en cadence, et l'on entendait dans

l'ombre de petits rires et des bruits de baisers.
Mme Breugnot elle-même ne dédaignait pas,
au bras de son mari, de faire une petite sau-
terie. D'une humeur facile, celui-ci ne voyait
d'un mauvais œil ces petites fêtes rustiques.
N'étaient-elles pas un honnête délassement
pour son monde? Il semblait que l'on fût mieux
disposé à reprendre le travail le lendemain.
Maintenant, plus que jamais, la grosse Catherine était fière d'avoir pris le petit berriaud
en amitié. Tout le monde le choyait. Mariton
et Pierry eux-mêmes paraissaient avoir oublié
leur ancienne hostilité. Et, chaque dimanche,
le vieux chef de la bergerie disait à son aide :

— Petit, va-t'en donc où tu voudras; je
resterai pour soigner les bêtes.

Bien avant l'aube, Firmin partait, sa vielle
au dos. C'est ainsi qu'il se fit entendre à Saint-
Parize-le-Châtel, à Moiry, à Magny-Cours, à
Dornes, à Neuville, à Fleury, à Luthenay, à
Chevenon, à Imphy, à Mars, à Saint-Pierre-le-
Moutier, jusqu'à Mornay, en Berry, une fois
même jusqu'à Moulins, en Bourbonnais. Par-
tout c'était un succès sans égal. La jeunesse

n'aimait rien tant que de tricoter des jambes au son de sa musique. Pièces d'argent ou d'or semblaient naître dans son gousset, ce qui lui valut, de la part de son entourage, une sorte de considération superstitieuse qui n'était certes pas de bon aloi.

— Il ne gagne pas tout cela dans les assemblées, disait-on; les pièces jaunes sont, bien sûr, le prix de son âme, car en nos pays l'on regarde tout ménétrier comme plus ou moins vendu au diable...

Et quand il rentrait à Parenche — toujours après minuit — les gens qui le croisaient, dans les chemins coupant les bois, murmuraient, en voyant sa vielle :

— Encore un qui *musique* au soleil pour les chrétiens et pour les loups au clair de lune!

Cependant, le moment de tirer au sort arriva pour Firmin. Il tomba sur un mauvais numéro; mais le conseil de revision le reconnut « impropre au service militaire pour taille insuffisante et faiblesse de constitution ». De fait, il avait toujours son air malingre, bien que

le poil commençât à lui pousser. Heureusement son renom grandissait plus que sa taille,
et il ne négligeait rien pour se perfectionner
dans son art. Jouer les mêmes motifs que ses
émules ne lui suffisait plus; il savait les accompagner de gentes variations qui faisaient le
désespoir des autres. Aussi, dès qu'un mariage
huppé se faisait dans la contrée, c'était toujours le fin musiqueux berrichon que l'on demandait pour conduire la noce.

Or, les joueurs de vielle d'un mérite égal
s'entendent volontiers; mais si l'un d'eux vient
à éclipser les autres dans le métier, l'âpre jalou-
sie s'en mêle, et, sournoisement, la coterie met
tout en œuvre pour le perdre. Elle tenta donc
de discréditer le Chétif dans l'esprit de son
maître.

— Hé, l'ami Breugnot, dit au fermier de
Parenche l'un de ses familiers, connais-tu les
bruits qui courent sur le compte de ton berger?

— Pas du tout.

— Le Chétif est meneux de loups et il met
tes moutons à la diète pour leur faire avaler
sa musique!

M. Breugnot se prit à rire.

— En tous les cas, ce ne sont pas mes moutons qui s'en plaignent, car ils sont superbes, — tu peux les voir, — ni le chef de la bergerie, qui estime beaucoup le Chétif.

— Veille, malgré tout; un jour ou l'autre, il te manquera des bêtes à laine, tu verras!

D'autres ayant répété les mêmes propos, la plaisanterie finit par agacer M. Breugnot qui manda Firmin et lui dit avec brusquerie :

— Il faut choisir entre ta vielle et ton métier!

— Monsieur Breugnot, reprit le Chétif avec dignité, vous avez eu des bontés pour moi, je le reconnais et vous en remercie, mais vous savez que vos brebiettes n'ont jamais pâti du fait de ma négligence. Pour la première fois vous me parlez durement. J'en ai du chagrin. Depuis six ans que je suis à votre service, je n'ai pas voulu vous demander d'augmenter mes gages. Si donc vous pensez trouver, pour quarante écus l'an, meilleur berger que moi, tant mieux! Je partirai à la Saint-Jean et saurai quand même gagner mon pain.

La Saint-Jean venue, Firmin mit sa ceinture

garnie de pistoles à ses flancs, sa vielle en sau-
toir, son paquet au bout d'un bâton, le bâton
sur son épaule; il fit ses adieux à M. et à Mme
Breugnot, à la grosse Catherine, à tous les
gens de Parenche et s'en alla.

Pendant trois mois, nul n'entendit parler
de lui...

# V

Cuffy est un joli village berrichon sous les yeux duquel se marient publiquement la Loire et l'Allier, comme d'honnêtes fiancés de province par-devant M. le maire. Derrière les arbres des vergers, les murs clairs de ses maisons font des taches blondes qui, vues de loin, ressemblent un peu à des reinettes mûrissantes dans les feuilles d'un pommier. Et de ces constructions coiffées d'ardoises ou de tuiles, les unes se tiennent au faîte de la colline, alignées sur les bords de la route; les autres s'en vont en débandade avec des jardins jusqu'au canal. Au milieu surgit le clocher de l'église qui tend au ciel, sur sa fine pointe, un coq superbe.

Dans le temps, Cuffy possédait un château fort. Ce n'est plus aujourd'hui qu'un amas de décombres grandioses d'où émerge encore la tour Chenue; mais elle porte au flanc un trou

énorme, ancienne meurtrière sans doute, dé-
formée, agrandie, comme une plaie qui ne doit
plus guérir. S'il faut en croire les gens du pays,
ce serait là l'effet d'un bombardement que
les Alliés, en 1815, dirigèrent du haut de la
côte de Marzy contre l'antique forteresse.
Naïve légende qui fait sourire.

Pour les paysans, histoire ou légende, c'est
tout un... Rien ne les intéresse que le présent
— et aussi l'avenir — pourvu qu'il ne soit pas
trop éloigné. Par exemple, l'approche de leur
fête patronale cause toujours grand émoi aux
habitants de Cuffy.

Ils vous disent :

— Notre patron, c'est saint Maurice. Sa
fête tombe en septembre, chaque année, le
lendemain du dernier quartier de la lune; et
nous la chômons le dimanche d'après. La crâne
saison! Il fait encore beau; les récoltes sont
rentrées, les raisins mûrs, les fruits à point.
La volaille, née au dernier printemps et nourrie
de grain pendant tout l'été, vous a une chair
fine et tendre qui rend dans la casserole un
jus délicieux couleur de miel. Et, pendant que

les cloches carillonnent à toute volée, on arrose
cela d'un petit vin au goût de pierre à fusil
dont vous me direz des nouvelles... car vous
viendrez, n'est-ce pas? En tout cas, je vous
invite, et de bon cœur.

On commence par se faire un brin tirer
l'oreille, puis on accepte, avec l'intention, le
moment venu, de s'excuser. Le jour approche.
Tous les scrupules, toutes les hésitations se
sont envolés... N'a-t-on pas engagé sa parole?
*Un homme n'a qu'une parole, chose promise,
chose due...* On déterre à propos tous les vieux
proverbes. Finalement, l'on arrive juste pour
faire honneur au fricot de la ménagère.

Chaque maison reçoit des invités; plus elle
en a, plus elle est fière. De son côté, le conseil
municipal contribue largement aux réjouis-
sances; il organise des jeux, il engage des
maîtres sonneurs et fait dresser sur la place
des « parquets » couverts où la jeunesse danse
à l'aise comme dans les villes.

Or, cette année-là, on devait avoir non seulement Compagnon, « le premier musicien de
France et de Navarre », dont la musette rail-

leuse dévide les plus folles ritournelles, mais encore le plus fin joueur de vielle qui se fût, jusqu'à ce jour, montré dans le pays.

La nouvelle s'en répandit vite aux alentours : depuis Le Guétin, en passant par Le Grand-Charnay, Les Chaumes de Saint-Agnan et Le Gravier, jusqu'à La Guerche; depuis Prêle, par Les Moreaux et Saint-Gris, jusqu'à Patinges et Torteron. Avec leurs œufs et leurs volailles, des coquetiers la colportèrent, par Apremont, Neuvy-le-Barrois, jusqu'à Sancoins; les fermières, à Fourchambault et à Mouësse, avec leur beurre et leur laitage.

La veille de la fête, au coucher du soleil, le mystérieux joueur de vielle eut l'idée de grimper sur la tour Chenue et, là, de jeter dans le vent trois merveilleuses cantilènes, afin de faire connaître à tous qu'il était arrivé.

Le lendemain, par un temps magnifique, les premières carrioles de visiteurs apparurent vers dix heures, et le mouvement ne cessa guère jusqu'à midi. Du pas de chaque porte, pour être sûrs de ne point manquer leur monde,

les habitants examinaient les « fournées » de
gens endimanchés que versaient les véhicules :
paysans rasés de frais et à l'œil vif sous le chapeau clabaud, mamans en bonnets brodés
parées des bijoux héréditaires, jeunes filles aux
joues roses sous l'éclat des coiffes de dentelles
tuyautées, gars farauds un peu gênés dans la
blaude neuve. Puis, ce furent les piétons qui
affluèrent de tous côtés, par les chemins et
sentiers des champs. La grande place, où plusieurs manèges étaient en marche, et les deux
routes transversales ne pouvaient déjà plus
contenir le populaire toujours grossissant qui
débordait jusque sur le champ du père Coqui.

A deux heures, la fête battait son plein. La
jeunesse avait envahi le parquet. Elle s'écarta
tout à coup devant Compagnon et le fin joueur
de vielle qui gravirent l'estrade qu'on leur
avait élevée dans un angle de la tente. La
haute stature et l'assurance de l'un paraissaient écraser la petite taille et la timidité de
l'autre qui suivait, d'un pas mal assuré, le roi
des cornemuseux. Des rires montaient jusqu'à
eux. Mais voici que, d'un même coup, la corne-

muse et la vielle partirent; et les couples, tous
ensemble, se mirent à virer sur eux-mêmes,
pris, emportés par cette musique irrésistible,
endiablée, qui ronflait, ronflait comme un
orage et ne les lâchait plus. Toujours maître
de lui, Compagnon dodelinait de la tête, sourire aux lèvres, guignait les jolies filles, mar-
quant du pied la cadence ou poussant son cri :
*Hardi, les gars!* mais, tout pâle, l'inconnu ne
voyait rien, ne disait rien, pendant que, d'une
main crispée, il semblait arracher de sa vielle,
pour le jeter aux danseurs en délire, son cœur
palpitant.

Son nom? Personne ne le savait, quoique
certains renseignements qu'il demanda, la
veille, sur les habitants du Grand-Charnay et
de Saint-Gris, eussent éveillé beaucoup les
curiosités.

— Vous connaissez donc ces pays-ci?
— Peut-être bien.
— Qui êtes-vous dans ce cas?...
Mais Firmin avait souri sans répondre...

Cependant, la danse tirait à sa fin. Soudain

le visage du Chétif s'illumina; ses yeux, noirs sous leurs longs cils, jetèrent une flamme : au milieu d'un groupe de jeunes filles, Firmin venait de reconnaître Zalie Bédais, du domaine de Saint-Gris. Ainsi se trouvait vérifié ce qu'on lui avait dit : elle n'était pas encore mariée!

Mais une voix aigre, celle de Compagnon, s'éleva :

— La *bichottière!*...

La fin de la danse. Cornemuse et vielle se turent. Les gars s'inclinant vers les belles, on n'entendit plus que des baisers sonnant sur les joues, bientôt suivis d'applaudissements unanimes à la gloire des maîtres sonneurs. Puis la jeunesse gagna les tentes voisines où l'on servait des rafraîchissements. Compagnon fit de même. Seul à présent sur l'estrade, Firmin vit que la fille de maître Bédais était demeurée tout proche, afin sans doute de ne point manquer la prochaine « sauteuse ». Alors il se mit à jouer tout doucement, tout doucement, pour celle qui restait là. Puis l'air s'échappa de sa vielle et monta, comme une alouette sur les champs. Et la mélodie, après avoir développé son vol à travers les tonalités qui tour à tour l'éclairaient ou l'assombrissaient, mourut en plainte tremblante.

Zalie tressaillit. Où donc avait-elle ouï déjà ces notes mélancoliques qui la troublaient si profondément?

Et, s'approchant, elle demanda par plaisanterie :

— Hé! vielleux de mon cœur, d'où tenez-vous si gente musique?

Elle ne se souvenait plus.

— Vous l'aimez toujours? interrogea Firmin. On dirait, n'est-ce pas? l'air de la Font-Lizette!

— L'air de la Font-Lizette! murmura Zalie.

Puis tout à coup :

— O mon Dieu! seriez-vous Jean Firmin, l'ancien berger de chez mon père? s'écria-t-elle.

— Oui, mademoiselle Zalie... En vous reconnaissant tout à l'heure, j'ai eu l'idée de vous jouer cet air qu'autrefois vous trouviez « plaisant »; c'est ma façon, la belle, de vous dire bonjour!

Elle l'examinait, pour s'assurer que le musiqueux ne se moquait point.

La taille du Chétif dépassait de peu celle d'un enfant. Il était vêtu d'une ample blouse bleue, le bas du pantalon flottant rentré dans des guêtres de cuir. Du chapeau à large bord qui le coiffait, les cheveux tombaient en boucles molles sur ses épaules. Ses beaux yeux noir avaient un regard émerveillé, et le sourire qui flottait sur ses lèvres corrigeait la tristesse de son visage orné d'une barbe frisottante terminée finement en deux pointes.

— Ah! Firmin! reprit-elle après un instant de silence, je ne t'aurais jamais reconnu. Tu n'as guère grandi pourtant, mais tu portes longue chevelure et barbiche fourchue, comme les courandiers de Mennetou-la-Misère ou les vieux loups-garous... Et te voilà maître sonneur à présent... Es-tu déjà en puissance de Satan?

— Zalie, Zalie! que vous êtes brave et quelle musique je serais, cette nuit, capable d'inventer, si j'avais le droit de vous reconduire au domaine de Saint-Gris!

— Et que dirait le grand Claude dont je suis la promise? dit en riant la fille de Jean Bédais. D'un seul coup il te romprait les os et ta vielle par-dessus le marché.

— Ma vielle a la vie dure; elle chantera sûrement encore quand je ne serai plus!

— En ce cas, viendras-tu la faire chanter samedi prochain, jour de mes noces?

— Elle sera muette, ce jour-là, mademoiselle Zalie; mais vous l'entendrez plus tard, j'en fais le serment...

— *En place pour le quadrille!*

Cet appel les força de se séparer. Et, sans un mot de plus, Jean Firmin regagna sa place.

Les danses reprirent d'abord jusqu'à la fin du jour, puis continuèrent une partie de la nuit. A certaine reprise, on s'aperçut que le vielleux avait disparu. Où était-il? On ne savait. Mais des gens qui s'en allaient, au clair de lune, du côté du bois des Ribaudières, m'ont conté qu'une vielle de plus en plus lointaine avait longtemps chanté devant eux, cette nuit-là, comme une âme affligée...

Et le lendemain, au carrefour des allées en

étoile, un garde-chasse trouva maître Jean
Firmin étendu sur la mousse, la face tournée
vers le soleil levant. Sa vielle était à ses pieds.
Dans sa barbe frisottante et fourchue et dans
ses longs cheveux épandus en boucles molles
sur ses épaules, étincelaient des gouttes de
rosée...

## VI

La fin étrange de Jean Firmin, consécutive à son triomphe de la veille, resta mystérieuse, inexpliquée, personne, excepté la fille de maître Bédais, n'ayant su que le joueur de vielle n'était autre que l'ancien berger de Saint-Gris.

Le mariage du grand Claude et de Zalie se fit donc au jour convenu.

Mais quelque temps après, les jeunes mariés, qui exploitaient maintenant le domaine de Saint-Gris, s'en revenaient chez eux, ayant fait veillée chez les Mathieu, des Moreaux, leurs plus proches voisins. Ils suivaient un sentier encaissé dans les bois.

La nuit était profonde et, par les échancrures des feuillages, on voyait passer des nuées en déroute et trembler des étoiles. Parfois de brusques rafales, tordant la cime des arbres, en tiraient de lugubres plaintes.

Couverte d'une ample cape d'hiver, Zalie
s'appuyait au bras de Claude; et le reflet jaune
de leur petite lanterne marchait devant eux
dans les ténèbres. Plus hirsute et plus laid
que jamais, le vieux Bilou avait voulu les
accompagner; mais, au lieu de courir en éclaireur comme d'habitude, voilà que, le regard
hébété, la queue basse, il venait à chaque instant se fourrer dans leurs jambes.

— Ouste, mal peigné! dit Claude avec humeur; garde tes puces!

Ils débouchèrent sur la route, à deux por-
tées de fusil et juste en face du petit domaine.
Bilou disparut du côté de l'étang.

— Oh! dit Zalie effrayée, regarde!

Devant eux, la maison, plus noire que le
ciel, avait un profil inquiétant de bête accrou-
pie; et sa lucarne ronde, à hauteur d'homme,
qui donnait sur la cour, au lieu d'être — comme
toujours en hiver et surtout à cette heure-ci
— close au volet, s'ouvrait éclairée, tel un œil
de monstre.

— Tantôt, j'ai pourtant, moi-même, accroché le contrevent à l'intérieur... j'en suis sûr!

Qui l'a ouvert? dit Claude à demi-voix. Marchons, il faut savoir!

Ils s'avancèrent, Claude avec résolution, sa femme serrée contre lui, se cachant les yeux pour ne rien voir.

Avant d'entrer dans la cour, Claude s'arrêta, saisi : deux loups énormes, les pattes de devant appuyées au bas de la lucarne, regardaient dans la chambre éclairée. Bien qu'il fût armé d'un solide bâton de cornouiller, Claude n'osa fondre sur eux pour les mettre en fuite; mais, ramassant une pierre, il la leur jeta. D'un bond formidable les bêtes franchirent la clôture et gagnèrent les bois. Claude et Zalie vinrent alors coller leurs deux visages à la vitre. Zalie tomba dans les bras de son mari et poussa un cri d'épouvante auquel répondit le lointain hurlement de Bilou...

La figure tournée vers les braises croulantes et voilée de longs cheveux qui pendaient en boucles molles, quelqu'un était assis, paraissant dormir. A ses pieds gisait une vielle qui se mit à gémir; et ses bourdonnements remplissaient toute la pièce, comme un essaim confus d'abeilles émigrantes.

# POUR QUI L'OISEAU

## A COUCOUÉ

# POUR QUI L'OISEAU A COUCOUÉ

A Octave Mazié.

## I

Les trois inséparables — maître Polyte
Jaudru ou le grand Polyte, qu'on appelait
aussi Coco-bel-Œil parce qu'il biglait, Jean
Sicoine le petit bossu, Denis Martin le cabaretier, surnommé Martin-la-Babine, à cause
de sa lippe tombante — étaient nés, la même
année, au même village de Saint-Loup-sur-
l'Aubois, pas bien loin de chez nous.

L'accord entre eux commença dès l'âge le
plus tendre. Les maisons de leurs parents se
touchant presque, il arriva maintes fois que
les mioches se mettaient à pousser ensemble
des cris de jeune goret qu'on saigne, jusqu'à
ce que chaque maman, à bout de patience et

ne sachant plus quel saint invoquer, admi-
nistrât une bonne fessée à son héritier.

Ensuite, ils avaient mêlé leurs jeux d'enfants
sur la place de l'église, pratiqué la maraude
par monts et vaux, en la saison des nids et
des fraises; puis on les avait vus suivre toutes
les « assemblées » des environs, où Compagnon,
le beau sonneur de cornemuse, et Champroux,
le joueur de vielle, prenaient plaisir à faire
*gandiller* les gars farauds et les filles en coiffes
ornées de blonde.

Ainsi leur liaison datait de loin, car aujour-
d'hui ils allaient tout de même sur la cinquantaine, bien que leur poil n'eût encore guère
changé de couleur. Mais, de mémoire d'homme,
aucun dissentiment sérieux n'avait rompu la
bonne harmonie de leurs relations. Leur échap-
pait-il quelques propos un peu vifs? Au lieu
de se bouder sottement, ils se réconciliaient
vite, et le mal était étouffé avant qu'on le sût,
tant le cercle étroit de leur intimité restait
fermé aux profanes.

Qui tentait de les brouiller perdait son temps,
en vérité. Depuis nombre d'années, sous pré-

texte de se tenir au courant des affaires, mais en réalité pour d'autres causes moins avouables, ils n'avaient manqué la foire de Mouësse. La veille, le grand Polyte se chargeait de rappeler la consigne :

— Demain, disait-il à ses compères, c'est le deuxième samedi du mois. Qu'il pleuve ou vente, nous irons.

A l'heure dite, la charrette de Coco les attendait dans la cour. Et les gens des hameaux échelonnés le long de la route épiaient le passage d'Ursule, la brave bourrique, qui emportait vers la ville Coco-bel-Œil et le petit Bossu assis en avant, puis, leur tournant le dos, Martin-la-Babine dont la large bedondaine étalée tremblait à chaque tour de roue. On les saluait avec un brin d'ironie; mais les trois inséparables filaient sans se préoccuper des rires étouffés, des plaisanteries salées et des quolibets qui s'élevaient derrière eux, comme de la poussière, sur la route. Même la chanson narquoise :

> Allons voir passer la charrette,
> La charrette des trois cocus

ne troublait point leur sérénité, car ils étaient
naturellement philosophes comme ils étaient
naturellement laids, chacun à sa façon.

Maître Polyte Jaudru était un grand gars
sec, haut perché sur des pattes solides, fier de
ses moustaches rousses et de ses favoris,
bruyant et brutal, hâbleur, le boute-en-train
de la bande. On le redoutait à cause de ses
violences; et le curé de Saint-Loup, qui avait
la manie d'émettre au pied-levé son opinion
sur tous ses paroissiens, devenait circonspect
dès qu'il s'agissait de lui, par crainte de s'attirer
quelque fâcheuse histoire.

Fils de fermier, et partant éduqué à bonne
enseigne, le grand Jaudru s'occupait d'élevage
et s'en tirait fort bien. Bêtes et gens lui obéis-
saient au doigt et à l'œil. Sa femme, qu'un
mot galant rendait heureuse quand son mari
était loin, tremblait devant lui.

D'une force peu commune, il entendait qu'on
le sût. N'avait-il pas eu l'audace, certain jour
de bombance, pour gagner quelque pari, d'at-
taquer, en le prenant par les cornes, un tau-
reau furieux? Malgré sa révolte exaspérée, le

monstre avait dû courber le front sous les
mains terribles et, mufle bas, soufflant et râlant,
rester aux pieds du vainqueur. Comme on le
pense, l'aventure avait fait du bruit; et les
deux associés de Polyte sentaient avec délices
un peu de cette gloire rejaillir sur eux-mêmes.

— Qu'on rie de Coco parce qu'il louche,
disaient-ils avec fierté, n'empêche qu'il soit
dans tout le pays le seul homme capable d'un
coup pareil!

Jean Sicoine n'avait pas une once des avan-
tages physiques du grand Jaudru; mais il
apportait dans la confrérie le prestige de sa
bosse — un vrai sac à malices — qu'il cher-
chait d'ailleurs à dissimuler habilement sous
une blaude raide, empesée, tombant jusqu'aux
mollets. Des yeux pétillants animaient sa
petite tête finaude qui se levait sur son corps
d'avorton, pour vous regarder. Vite, dès qu'une
affaire menaçait de tourner mal pour eux, ses
copains venaient lui passer la main sur le dos.

— Sicoine, mon petit Sicoine, disaient-ils,
arrache-nous cette épine du pied!

Et le Bossu tourmentait d'un doigt nerveux

ses quatre poils chétifs poussés en barbiche;
puis il donnait son avis avec assurance, certain qu'on allait le suivre; car, souple et fin
d'esprit, ergotant à la manière des hommes
de loi, il savait démêler le fil des questions les
plus embrouillées. L'estime spéciale mêlée de
crainte que lui valait cette aptitude le conso-
lait un peu de sa difformité,.. Ah! sa difformité!... Comme il la sentait, les jours de foire
surtout, le pauvre mal venu, comme il en souffrait!... Il y avait belle lurette que sa petite
taille et sa gibbosité ne scandalisaient plus
les gens de Saint-Loup; mais quand il marchait par les rues de Mouësse, flanqué du
grand Coco-bel-Œil et de l'énorme Martin-la-
Babine, il se dressait vainement sur ses ergots;
il était quand même ridicule, comme un nain
contrefait entre deux colosses. De plus, ces
allées et venues subies après boire lui causaient
des transes affreuses, car Coco-bel-Œil et Martin-la-Babine, attendris par de multiples liba-
tions, s'arrêtaient, se regardaient et, dans un
hoquet réciproque, tâchaient de s'étreindre
par-dessus la tête du Bossu qui d'instinct

faisait un saut de carpe, afin de n'être point
écrasé...

Son père, Honoré Sicoine, lui laissa en mou-
rant sa jolie maison de Saint-Loup, un grand
jardin planté d'arbres à fruits, une épicerie
fort bien achalandée. Le Bossu garda la maison
et le jardin; mais comme il n'avait pas d'enfant et qu'il ne se sentait aucun goût pour le
commerce, il céda la boutique moyennant
deux mille écus. Il vivait des intérêts de cette
somme placée en viager et d'une rente annuelle
de quinze cents francs léguée par une vieille
tante.

Sa femme, qu'on appelait la fille au Canaquin, appétissante et dépensière, était née de
parents sans sou ni maille. Elle avait d'abord
hésité, avant de consentir au mariage; puis
les belles promesses et le besoin d'argent
finirent par fondre sa résistance. Elle tomba
de haut quand elle s'aperçut que, par suite
des précautions prises, elle ne pouvait entamer
les écus convoités. La vie du ménage devint
alors un enfer. Et sevré de tout plaisir avec
sa femme, Jean Sicoine mit à profit ses rares

sorties pour rassasier ses instincts libidineux.

Cependant, hormis la journée d'émancipation qu'il se payait avec Coco-bel-Œil et Martin-la-Babine, le Bossu était un homme rangé. Il ne pensait qu'à son jardin, arrachant ou plantant selon la saison, faisant des greffes, émondant lierres et glycines, taillant les espaliers et les quenouilles, tondant les pelouses, arrosant les fleurs, sablant ou ratissant les allées. Les dimanches et jours de fête, il ne manquait messe, ni vêpres. Au dernier coup de la grosse cloche, on le voyait, à la suite des enfants de chœur et guère plus haut qu'eux, sortir de la sacristie entre les deux chantres, précédant le curé qui fermait le cortège, et se planter à gauche du lutrin où s'ouvrait, sur les ailes éployées d'un aigle de chêne, le vieil antiphonaire, car notre homme était ophicléide de l'église de Saint-Loup. Il soufflait avec conscience dans le serpent à clé; toute une envolée de borborygmes, prout! prout! prout! s'échappaient de l'orifice sur différents tons, suivis parfois de canards inattendus qui faisaient rire même les vieilles filles suries dans la dévotion. Craignant d'être lâché par l'artiste auquel il ne donnait qu'un salaire dérisoire, le curé gémissait tout bas de ces fantaisies incongrues... Qu'y faire? Il se résignait souvent à le défendre, pour mieux se l'attacher.

— Si le musicien, chez M. Sicoine, manque un peu d'oreille, disait-il, le catholique, en revanche, est plein de zèle dans la pratique de notre sainte religion.

Mais quand il s'agissait de Martin-la-Babine, le curé changeait de note.

— Un païen, celui-ci! geignait-il, un mécréant vendu à Satan! qui boit le péché, en riant, comme il vide une chopine de piot!... Pourvu seulement qu'il ne suborne pas M. Sicoine! Malheur à qui fait scandale!

Pieuse exagération. Martin-la-Babine n'était qu'un bon diable, insouciant et jovial. De prosélytisme il n'en faisait point, se contentant de vivre à sa façon. Dieu et les saints pouvaient dormir en paix ou fabriquer des miracles, Martin ne songeait guère à leur chercher noise.

— Ils ne se dérangent pour me voir, moi non plus.

Il avait une ample carrure, un formidable appétit qu'il arrosait de copieuses rasades; et d'année en année son ventre joyeux allait s'arrondissant. Il portait des boucles d'oreilles rondes. Son nez fleuri de bubelettes, où pendait parfois une « ruiche », séparait ses yeux émerillonnés, ses joues cramoisies et s'arrêtait juste au-dessus de sa lippe, comme une grappe gonflée de jus.

L'auberge *Aux Coqs de la Marine*, tenue par DENIS MARTIN, avait double entrée : l'une sur le canal du Berry, l'autre sur la route parallèle. Haleurs et rouliers manquaient rarement d'y descendre, certains de se payer là un fricot savoureux, une bouteille de vin paillet, sans compter une bonne pinte de bon sang, — car la mé Martin n'avait pas sa pareille pour improviser un gueuleton que maître Denis pimentait à propos de boutades grivoises. Deux, quatre, six clients survenaient.

— Denis! glapissait la patronne affairée, vite, une bourrée de chêne. Jette à présent

des ramilles sur les landiers. Allume, allume!
Mets le couvert.

Et la flamme pétillante de danser sous la
poêle chaude, et le beurre de fondre et de gré-
siller, et les larges tranches de jambon de risso-
ler. Un filet de vinaigre à présent. C'était servi.
L'odeur de la grillade s'exhalait jusque dans
la rue. Un vin clair, joli, doré, étincelait dans
les verres. Et le festin commençait au milieu
des rires. Suivaient une friture de perches ou
de goujons, une omelette baveuse, quelque
salade de saison, de menus fromages, des reinettes, puis le café plein d'arome avec une
larme de vieux marc; et tout cela, sans parler
du surplus que la patronne accordait souvent,
paraît-il, à ses favoris. Une fois repus, les
clients picotaient de sous-entendus malins
son humeur naturellement grincheuse encore
excitée par le coup de feu; ils lui contaient des
farces imaginaires sur le compte de son homme.
Elle, qui soignait ses vices comme des melons
sous cloche, donnait en plein dans le panneau
et se mettait à piailler comme une ajasse plumée
vive. Entre des éclats d'indignation accom-

pagnés de coups de poing rus la table, qui
faisaient tinter verres et bouteilles vides,
Martin-la-Babine bredouillait des paroles plu-
vieuses, essayant de se défendre... C'était une
impayable comédie.

## II

Or, ce matin-là, deuxième samedi de mai,
Ursule, la bourrique du grand Polyte, était
heureuse. Le valet d'écurie l'ayant détachée,
elle sortit sans se presser et, l'œil humide,
s'avança dans la cour. En trois coups de brosse
on lui fit sa toilette, puis on lui présenta son
picotin. Elle renifla d'aise et tendit ses naseaux
vers l'avoine, avec délices. Ensuite elle but son
content d'eau fraîche et se mit à braire, pour
annoncer à tout le voisinage que c'était jour
de foire à Mouësse et qu'elle allait partir.
Comme son patron, en habits de fête, achevait
de l'atteler, elle entendit une voix de castrat
bien connue prononcer son nom et vit, au-
dessus de la clôture, apparaître la pointe du
chapeau de Jean Sicoine et la tête réjouie de
Denis Martin. N'y pouvant plus tenir, elle

salua d'un cri triomphal l'arrivée des deux voisins, ce qui les fit rire.

— Ah! la coquine! dit le cabaretier, elle nous connaît ben!

Et tirant amicalement l'oreille de la bête :

— Bonjour, Ursule. Ton maître t'a-t-il fait bonne mesure au moins?

— Prends garde, répondit Coco, elle va te mordre : elle déteste les mauvaises plaisanteries.

La jambe frémissante, l'œil vif, une oreille au ciel dressée, l'autre rabattue vers le sol, Ursule avait l'air d'être toute décidée à jeter sa coiffe par-dessus les moulins.

Et commença l'assaut de la charrette. Armé d'un bâton à pointe acérée pour asticoter, quand besoin serait, les fesses de la bourrique, Coco-bel-Œil monta le premier et s'assit, à droite, face en avant; le Bossu, à gauche, Martin-la-Babine, leur tournant le dos, s'écroula en sens contraire, pour faire contrepoids. Il caressait complaisamment son ventre bombé comme un potiron; il s'épanouissait rien qu'à l'idée de voir bientôt, entre ses deux cuisses écartées, se dévider le joli ruban de la route.

Brusquement Coco piqua Ursule. Habituée aux petites perfidies de ce genre, Ursule se mit à trotter, en faisant tintinnabuler les menus grelots de son collier.

La matinée était belle, le ciel pommelé. A gauche, de vastes champs de blé descendaient jusqu'au pied de la haie; à droite, s'allongeait le canal dont l'eau verte dormait entre ses digues sous un rideau de peupliers magnifiques, laissant voir derrière leurs fûts le val plantureux où se traîne l'Aubois. Et, pendant que le véhicule courait à l'ouest, vers le hameau des Planches, le soleil montait en face de Martin-la-Babine, à travers les branches des arbres dont un petit vent faisait cliqueter les feuilles nouvelles.

Arrivée au bas du hameau, où le chemin de Saint-Loup débouche sur la route de Mouësse, Ursule s'arrêta au tournant, comme elle en avait l'habitude, et la charrette se vida. Alors Coco prit la bourrique par la bride, la fit virer à gauche; et la bête, suivie des trois hommes, commença au pas l'ascension du raidillon, entre les maisons échelonnées. Occupés dans les jardins ou par les champs, les paysans des Planches interrompaient leur besogne et, les mains croisées sur le manche de leur pioche ou de leur bêche fichée en terre, jetaient quelques paroles aux piétons.

— Bonjour, Sicoine; bonjour, Polyte; bonjour, Denis Martin.

— Bonjour, Tienne Mitrou! répondit la Babine. T'arraches déjà tes *truffes?*

— Nenni : je les plante, au contraire. Les gorets sont nombreux c't' année. Dans trois mois seulement je saurai ce qu'elles donnent. En attendant, si tu veux en voir la couleur, attrape!

Et, sans crier gare, Tienne Mitrou lui lança, en riant, une pomme de terre qui roula dans le fossé.

— Ne tire plus, dit la Babine : je veux pisser dessus pour la faire fleurir.

— Attention! conseilla le grand Polyte, ta ventrière peut casser, ta bedaine rouler jusqu'au fond du val. Et, s'il lui faut te tirer d'affaire, Ursule renâclera.

— Tu crois, mon cochon? répondit Martin.
En ce cas, mieux vaut rengainer mon outillage.

— Tant mieux pour Ursule! hasarda le Bossu.

— Toi aussi, ch'tit diseux d'malices, tu
t'effiles le bec à mes dépens?...

Au bout de la montée, Ursule se mit à braire
et s'arrêta de nouveau, jusqu'à ce que les trois
compères eussent repris place sur le siège.
Comme elle démarrait, Martin-la-Babine, afin
d'exciter Mitrou qui faisait encore le geste de
lancer un projectile, se passa le doigt sous le
menton et cria : « Chiche! chiche! chiche! » —
car le véhicule et son chargement étaient déjà
hors d'atteinte.

Maintenant la route coulait doucement entre
les belles futaies qui s'étendent des deux côtés,
fort loin.

Un coucou chanta.

Instinctivement, le grand Polyte et le Bossu
se regardèrent en dessous; Martin-la-Babine,
qui les épiait, éclata d'un rire énorme, en se
renversant sur le dos des autres.

— Tiens! Tiens! Il vous connaît? Il vous
connaît donc? insista-t-il.

Et de plus belle retentit son large rire.

D'ailleurs, sa joie fut courte, car les deux autres, vexés de la plaisanterie, se rebiffèrent; des « sornettes » échangées, brutales comme des gifles, leur mirent le feu aux joues. Et les choses allaient tout à fait se gâter, quand le grand Jaudru cria : « Assez! »

Personne plus ne pipa.

Cependant on arrivait à la Belle-Etoile, — un petit domaine solitaire servant de relais à l'époque des grandes chasses. Le passage des trois cocus n'y mit personne en émoi; un chien se contenta d'aboyer, sans même sortir de son chenil; mais un peu plus loin, le cantonnier, qui cassait des pierres sur l'accotement, fut tout surpris, en levant le nez, de voir cette fois à maître Polyte, à Jean Sicoine et à Denis Martin, si exubérants de gaîté quand ils s'en allaient à la ville, des visages longs d'une aune. Ils se tenaient raides, sérieux, sournois, bouche cousue. Le bonjour du cantonnier resta sans écho.

— Qu'ont-ils donc, ce matin? se demandait le bonhomme abasourdi.

Il lui sembla même que Denis Martin se détournait pour ne pas rencontrer ses yeux...

. Et les choses ne s'étaient sans doute pas accommodées pendant le reste du trajet, car au hameau de La Chaume, puis à Cortz, puis à Givry, on avait remarqué leur mine rébarbative et leur air « tout chose », comme on dit. A Fourchambault, le patron de l'Hôtel du Berry, chez lequel ils ne manquaient jamais de descendre pour « siffler » sur le pouce une petite goutte, n'en revenait pas. Ursule avait bien compté s'arrêter comme de coutume devant la porte; mais le grand Polyte la piqua si méchamment, qu'elle eut un soubresaut et fila outre, sans crier gare.

— Qu'y a-t-il donc? Telle était la question que se posaient vainement les curiosités éveillées. Quand on eut, quelques jours plus tard, — je ne sais comment — l'explication de l'énigme, une irrésistible joie secoua tout le pays.

Pour savoir le fin mot de l'affaire, ou du moins flairer la vérité, il eût fallu suivre jusqu'au bout les trois compères.

Toute fumante, Ursule venait à peine de franchir la barrière de l'auberge des *Pauvres Bougres*, où elle se reposait jusqu'au moment du retour à Saint-Loup, que d'un bond le grand Polyte fut à terre. Ses deux acolytes l'ayant imité, il détela, remisa sa bête en un tour de main; puis, escorté de Sicoine et de Martin, il remonta l'avenue de la Gare jusqu'à la place des Halles, tourna sur la droite, s'engagea dans la rue du 14-Juillet et vint frapper — décidément l'affaire était grave — à la porte d'un *procureur* (1), maître Cagneux, qui passait pour la meilleure platine des robins de la ville.

Ni Coco-bel-Œil, ni le Bossu, ni Martin-la-Babine n'avaient desserré les dents. A vrai dire, celui-ci n'eût pas mieux demandé, avant le pas décisif, que de traiter à l'amiable le différend, car les hommes de loi lui faisaient peur. Il était même décidé à prendre le tout sur son dos... mais la sonnette avait retenti; la porte, s'ouvrant aussitôt, un valet avait dit : « Entrez! » — Comment reculer?

(1) Avoué.

La salle d'attente était vaste, rectangulaire, éclairée d'une seule fenêtre. La couleur des murs, d'un jaune douteux, s'écaillait par endroits. Tout autour courait une banquette noire sur laquelle une dizaine de paysans, hommes et femmes, étaient assis. Ces hommes, les mains nouées sur leur bâton, ces femmes, à mine pointue, aux lèvres pincées, gardaient le silence, ruminant leurs raisons avant de les servir au procureur. Et l'on sentait dans la salle une vague odeur d'étable. En de grands paniers d'osier posés au bas de la banquette, on voyait, ici, des légumes (carottes nouvelles, asperges ou laitues); là, des volailles résignées dressant brusquement des têtes ahuries chaque fois qu'on ouvrait une porte. Quand les éclats de voix de maître Cagneux traversaient la mince cloison, chaque client, mâle ou femelle, sentait un léger frisson lui courir sur la peau.

Polyte Jaudru, Jean Sicoine et Denis Martin prirent place sur la banquette, à la suite des autres, ni trop près, ni trop loin, fermés, comme s'ils ne s'étaient jamais vus de leur vie. Pourtant l'idée que l'affaire pouvait encore s'arranger en douceur, sans l'intervention de l'homme de loi,—qui passait pour saler son monde—revenait lanciner Martin... mais, le moyen d'amorcer le grand Polyte, brutal comme un fusil chargé? Mieux valait évidemment tâter d'abord le petit Bossu. Il se résigna donc à lui faire une avance.

— Est-ce que ça va durer longtemps encore? bredouilla-t-il.

— Tu le verras bien! fit l'autre, d'un ton sec. Martin-la-Babine rentra sa salive.

Cependant les premiers clients s'étant, comme des pigeons, fait plumer l'un après l'autre dans le cabinet de maître Cagneux, le tour des gens de Saint-Loup arriva.

Par la porte entre-bâillée, le valet montra sa tête.

— Entrez! dit-il au grand Polyte qui se trouvait le plus près.

— Pardon! dit le Bossu en se levant.

— J'y vais *itou*, dit Martin-la-Babine.

— C'est donc pour la même affaire? interrogea le valet. En ce cas, entrez itou, mon brave homme.

Petit, malingre, la figure chafouine et sans poils, une calotte noire sur son front chauve, le procureur les attendait, assis devant sa table sur laquelle on voyait de gros livres, un encrier, une plume d'oie, quelques papiers, çà et là. D'un regard aigu, il toisa les nouveaux clients qui faisaient machinalement virer, comme une roue, leur coiffure entre leurs doigts.

MAITRE CAGNEUX, *ne pouvant réprimer un sourire.*

La même affaire vous amène, je vois ça. (*Il avait entendu leur réponse au valet.*) Vos griefs?... Parlez : je vous écoute. (*Coco, le Bossu et la Babine parlent en même temps.*) Oh! Oh! vous vous croyez sur le champ de foire... Du silence d'abord, et que chacun s'explique à son tour. Vous, le grand, commencez.

### COCO-BEL-ŒIL

Monsieur le procureur, c'est moi Polyte Jaudru, autrement dit le grand Polyte; voici le ch'tit Sicoine, voilà Denis Martin plus connu sous le nom de Martin-la-Babine. Tous trois du même âge et du même village... Saint-Loup-sur-l'Aubois, en Berry. Vous connaissez?

MAITRE CAGNEUX

Sans doute. Après?

COCO-BEL-ŒIL

Nous étions comme des frères; et, depuis plus de vingt ans, jamais nous n'avons manqué une foire de Mouësse. Ce matin encore, je leur ai donné place dans ma voiture.

LE BOSSU

Sa voiture!... Ah! laissez-moi rire! — Une ruine de charrette traînée par une rosse de bourrique aussi vieille que lui!

COCO-BEL-ŒIL

Tu sais pourtant bien la trouver, quand tu viens promener ta bosse par ici et faire tes farces, vilain « chiquerdi ».

MAITRE CAGNEUX, *impatienté.*

Au fait, messieurs, au fait!

COCO-BEL-ŒIL

Ce matin donc, nous approchions de la Belle-Etoile, quand ce gros pochard de la Babine se met à insulter ma femme.

MAITRE CAGNEUX, *sentencieusement.*

Oh! voici qui est grave!

### COCO-BEL-ŒIL

Comme je vous le dis, monsieur le procureur.
Ursule filait son petit bonhomme de chemin...

### MAITRE CAGNEUX

Ursule? C'est votre femme sans doute?

### LA BABINE et LE BOSSU

Non point... Il parle de sa bourrique, sauf
vot' respect.

### MAITRE CAGNEUX

Ah! j'en suis bien aise. (*Au grand Polyte.*)
Continuez.

### COCO-BEL-ŒIL

Ursule donc traversait les futaies du comte
de Glaisne; je conduisais, Sicoine tourmentait
ses trois poils, Martin fumait sa pipe, quand
le coucou chanta. Cela nous fit rire. Martin me
dit : « Tiens! il te connaît, il te dit bonjour en
passant. Réponds-lui. »

### MARTIN-LA-BABINE

J'ai ben dit à peu près ça, mais en plaisanterie.

### COCO-BEL-ŒIL

J'ai répondu : « Tu t'occupes trop des autres,
Denis Martin, et tu négliges ton poulailler

ouvert à tout venant : courandier, haleur et roulier. Les coqs te pillent, quand tu n'es point là, et même quand tu t'y trouves. *Coucou! Coucou!* C'est toi le cocu!

MAITRE CAGNEUX

C'est tout?

COCO-BEL-ŒIL

C'est tout.

LE BOSSU

Non pas. Il a dit encore : « Tu peux donner la main à Sicoine qui, depuis dix ans, ne mêle plus ses sabots avec ceux de la fille au Canaquin. » Or, de quel droit Polyte Jaudru, ici présent, s'est-il immiscé dans ma vie intime et m'a-t-il pris à partie? Martin et lui ne pouvaient-ils régler leurs affaires sans m'y mêler? Martin ayant commencé l'attaque, la riposte de Jaudru était justifiée, mais le coup qu'il m'a porté ne l'est point : je n'étais que témoin dans la querelle.

COCO-BEL-ŒIL, *furieux.*

Eh! je n'ai dit que la vérité. Qui ne sait que M. Jacquinot — le petit rentier paillard de Jouet — va souvent pêcher à la ligne du côté de Saint-Loup, pour offrir son poisson à la Canaquine qui le prend?

LE BOSSU, *avec dignité.*

Monsieur le procureur, je demande acte de cette diffamation.

MAITRE CAGNEUX, *à part.*

Etonnant, ce petit Bossu!... Voudrait-il par hasard, de connivence avec ses copains, se payer ma tête? Nous allons voir.

COCO-BEL-ŒIL *continue.*

Sicoine se fâchant, ainsi qu'il vient de le faire, car il est souvent mauvais comme la teigne, je dis en me tournant vers Martin : « Allons, la Babine, prends l'appel du coucou à ton compte et n'en parlons plus... tu nous as souvent avoué que tu étais baptisé au nom de ta femme. »

MARTIN-LA-BABINE, *affermi par la déposition du Bossu, se paye d'audace pour une fois et fait une charge à fond contre Coco-bel-Œil.*

Et moi, monsieur le procureur, je n'ai point voulu. Ma femme est peut-être un brin libre en paroles, mais elle sert aussi bien une gifle aux galants indiscrets qu'une omelette à la clientèle... D'ailleurs, pourquoi moi plutôt

que lui, Polyte Jaudru? C'est en son honneur
qu'a chanté le coucou. Demandez à Sicoine.
Lui aussi n'ignore pas que Jaudru *l'est*. Qui
l'a dit au coucou, par exemple? Je présume
que les *chavants*, trop souvent dérangés par sa
femme quand elle s'échappe jusqu'au fond du
grenier, ont fait le coup...

### MAITRE CAGNEUX

Tous ces commérages sont, en somme, assez
ridicules... Voyons, que voulez-vous savoir,
au juste?

### COCO-BEL-ŒIL, LE BOSSU, MARTIN-LA-BABINE

Pour qui l'oiseau a coucoué.

### MAITRE CAGNEUX

Dame! l'histoire me paraît assez compliquée.
J'accepte néanmoins la mission de vous mettre
d'accord, puisque vous faites appel à mes
lumières; mais il faut que chacun de vous
dépose d'abord en provision deux pistoles.

(*Polyte, Sicoine et Martin se regardent, em-
barrassés.*)

### MAITRE CAGNEUX

C'est à prendre ou à laisser... (*Un silence.*)
Voyons, vous, monsieur Jaudru, vous refusez?

### COCO-BEL-ŒIL

Nenni; mais ce n'est point pour moi que le coucou a chanté. (*Il tire sa bourse et met un napoléon sur la table.*) Pourtant, je n'en suis pas à vingt francs près, Dieu merci!

### MAITRE CAGNEUX

Et vous, monsieur Sicoine, que pensez-vous faire?

### LE BOSSU

Avant de répondre, une petite question, s'il vous plaît : rendrez-vous le dépôt de ceux qui seront absous?

### MAITRE CAGNEUX

Attendez le jugement au moins!

### LE BOSSU

Mon cas est bon. Voici quatre pièces de cent sous!

### MAITRE CAGNEUX

Et vous, monsieur Denis Martin? (*Celui-ci hésite, car en partant de Saint-Loup, il n'a pris en poche que vingt-cinq francs. Finalement, craignant d'avoir tous les frais à sa charge, il s'exécute comme les autres.*)

MARTIN-LA-BABINE

Prenez : Denis Martin n'est pas plus chiche
que ceux-ci.

MAITRE CAGNEUX *serre les soixante francs dans
un tiroir dont il met la clef en poche, et il
se lève :*

Garçon, introduisez!... — Quant à vous,
messieurs, allez en paix : c'est pour moi seul
que l'oiseau a coucoué !

# HORS-D'ŒUVRE

# HORS-D'ŒUVRE

A Mme Vincent Détharé.

## I

Pendant quinze ans, mame Caroline eut le gouvernement des casseroles au château de Glaisne, et elle y montra vraiment des aptitudes exceptionnelles. Mais quand l'aînée des filles du comte fut en âge de mariage, on prit pour quelques mois un chef de cuisine, — cela devant donner, en prévision des fêtes prochaines et des grands dîners qui se multiplieraient sans doute, une plus haute idée du train de la maison.

Mame Caroline, qui jusqu'alors avait eu la première place autour des fourneaux, ne voulut point, même temporairement, accepter la seconde. Elle s'en alla, jurant ses grands dieux

qu'elle ne reviendrait jamais plus. Blessée
dans sa dignité, peut-être espéra-t-elle qu'on
allait lui courir après et la supplier de rester?
Il n'en fut rien pourtant. Mais mame Caroline
ne laissa paraître de ce côté aucune déception,
le magot rondelet qu'elle emportait étant plus
que suffisant pour assurer le pain de ses vieux
jours.

Elle disait : « Laissez faire : avant qu'il soit
longtemps, on me regrettera! »

Et cette idée servait d'onguent à la plaie
vive de son amour-propre.

Les deux mets où triomphait son art exquis
étaient le brochet au bleu et la terrine de lièvre
à la bourgeoise. Dans la confection de celui-ci
surtout, elle était incomparable. Le choix et
le dosage des éléments s'y faisaient avec un
tact, un soin, un amour infini. Et la cuisson
s'accomplissait sous ses yeux, comme un rite.
Aussi, dès qu'on enlevait le couvercle, quel
fumet! Dès qu'on mâchait la première tran-
chette, quelles délices! Les plus fins connais-
seurs en bonne chère appelés à savourer ces

chefs-d'œuvre lui demandaient son procédé. Comme donner la recette n'était pas donner le secret, mame Caroline, souriante, répondait : « Heu! mon procédé ressemble beaucoup à celui de tout le monde... J'ai ma bête, une belle bête, ni trop jeune, ni trop vieille. Je la désosse. Je prends la chair que je hache avec une livre de rouelle de veau, une livre de porc frais maigre, et du persil et des échalotes et de l'ail et du thym et du laurier. Une pincée de sel. Puis je garnis de bardes ma terrine. J'y place mon hachis mêlé de lard coupé au préalable en menus morceaux. J'arrose le tout d'un petit verre de cognac. Nouvelles bardes par-dessus. Je coiffe la terrine de son couvercle que je lute avec de la pâte, et je laisse cuire au four du fourneau pendant quatre heures environ. Retirer juste à point. Laisser refroidir... Tout est là. »

Mame Caroline a quarante-cinq ans peut-être. Plantureuse et bien faite, elle a gardé sur la figure comme un chaud reflet des belles casseroles de cuivre rouge restées, elles, au château. Elle aime s'habiller de noir et porter le bonnet de crêpe à ruches. Elle n'est cependant pas en deuil, puisqu'elle n'a aucun parent dans le pays; mais, ce noir... c'est si distingué!

Quand elle quitta son service, il y a quelques années, elle joua au comte un bien joli tour. Celui-ci avait un grand diable de garde-chasse nommé Mathieu, sujet à des absences d'esprit, mais qu'il prisait beaucoup à cause de son dévouement et de sa vigilance toujours en éveil. Or, le nommé Mathieu, d'une maigreur ridicule et perché sur de longues jambes de faucheux, osait un doigt de cour, quand il vidait sa carnassière pleine de gibier aux pieds de mame Caroline, qui n'avait qu'à faire un signe, à dire un mot, pour que le cœur du chasseur lui fût abandonné de surcroît... Elle se laissa toucher enfin, — par dépit. Mame Caroline et Mathieu présentèrent donc le même jour leur démission. Et le mariage eut lieu, un mois après, en grande pompe, afin de faire enrager les gens du château. Une jolie maisonnette blanche, située au bas de Cortz, abrita le bonheur des nouveaux époux.

Mathieu, qui avait cru vivre désormais en

petit rentier tranquille et manger de bons morceaux, dut en rabattre et regretter plus d'une fois son coup de tête, car mame Caroline était querelleuse, autoritaire; et pour parler à son homme, elle prenait ce ton bourru, acerbe, qui faisait trembler jadis la marmitonnerie.

Aussi, chaque année, Mathieu voyait arriver l'ouverture de la chasse comme une délivrance. Dès la pique du jour, il s'échappait, heureux de ne plus sentir peser sur lui l'œil de mame Caroline. Si l'accès des terres de Glaisne lui restait formellement interdit, il pouvait, en revanche, parcourir tous les jours deux lieues de plaine sans qu'on vînt lui chercher noise. Et comme il était ce qu'on appelle un bon fusil et que d'ailleurs le gibier abondait, Mathieu rapportait toujours quelques victimes — levraut, cailles ou perdrix — en son carnier...

Aujourd'hui, mame Caroline est dans tous ses états : parti vers onze heures pour surprendre un lièvre « en forme » dans le champ du voisin, Mathieu n'est pas encore rentré. Quel guignon si Mathieu s'avisait de manquer cette aubaine, grand Dieu! Dimanche, M. Boudu devant déjeuner à la maisonnette blanche, ne serait-ce pas ou jamais l'occasion de lui servir son mets favori : une terrine de lièvre à la bourgeoise confectionnée par mame Caroline?

Midi sonne. La dame du logis s'impatiente. Debout en son petit jardin d'où le regard enfile la route jusqu'au sommet de la côte, elle met sa main en visière, afin de mieux voir. Personne. Mais voici que Finot, le chien de Mathieu, apparaît enfin. Son maître doit le suivre de près. Coiffée de velours, sa tête sort déjà de la chaussée. Alors mame Caroline rentre, tout à fait rassurée. Presque sur ses talons, Finot rentre aussi, puis Mathieu.

CAROLINE, *tenant la queue de la poêle*
*où rissole quelque chose.*

Enfin, te voilà!... Ce n'est pas trop tôt. (*Elle va tâter la gibecière qui est vide.*) Et c'est là tout ce que tu rapportes?

MATHIEU, *s'épongeant le front.*

Dame oui!... Le fameux lièvre est parti comme j'arrivais sur place.

CAROLINE

C'est bien la peine de mentir! — Tu l'as tiré, tu l'as manqué.

MATHIEU *se met à rire.*

Figure-toi que dans ma précipitation, j'ai mis, au lieu de deux cartouches...

CAROLINE

Deux étuis vides dans la chambre de ton fusil? Tu l'as déjà fait le jour de l'ouverture!

MATHIEU

Tu l'as dit, Caroline.

CAROLINE

Mais ton chien?

MATHIEU

Si je suis en retard, c'est à lui, à lui seul, qu'il faut t'en prendre.

CAROLINE

En poursuivant longtemps la bête, il voulait réparer ta bévue. Mais ne pouvais-tu le rappeler?

MATHIEU

Il n'a rien voulu entendre.

CAROLINE

Chasseur et chien se valent.

MATHIEU

Et ils valent gros. (*A son chien qui vient se faire caresser.*) N'est-ce pas, mon vieux Finot?

CAROLINE

Ton chien et ton fusil seront vendus à la première occasion, sois tranquille! Cela te dispensera de prendre un permis l'an prochain...

(*Mathieu hausse les épaules sans répondre, se met à table, attaque l'omelette de mame Caroline.*)

CAROLINE

C'est la première fois de ma vie que j'ose servir un plat brûlé... Comment prévoir ton retard? Tu devais rentrer avant midi tapant.

MATHIEU, *indifférent.*

Peuh! C'est bien bon pour moi!

CAROLINE

Ne dirait-on pas que j'ai l'habitude de te servir des plats manqués?

MATHIEU *se verse une rasade qu'il avale d'un coup.*

Tiens! voici ce qui fera passer le mauvais goût de ton omelette!...

(*Un silence.*)

CAROLINE

Tout ça ne me dit pas ce que nous donnerons dimanche à ton ami Boudu!

MATHIEU

Je ne suis pas inquiet, et je ne le plains pas. Il te dira comme toujours : « Madame Cordon-Bleu s'est surpassée! »

CAROLINE

Tu n'es pas inquiet, tu n'es pas inquiet!... Il s'agit de ton ami, après tout!

MATHIEU

Sans doute, mais n'est-ce pas toi qui l'as invité? et cela deux jours avant que le pé Nique vînt m'avertir qu'un lièvre était en forme dans sa luzerne? Tu ne pouvais donc pas encore compter sur ce lièvre, lorsque M. Boudu est passé par ici!

*(Mame Caroline mâche sa colère en silence, car Mathieu vient de lui river son clou en douceur; et il a fait cela d'un air bonhomme, naturellement, presque malgré lui, en reprenant une portion d'omelette.*

*Mame Caroline n'en est d'ailleurs que plus piquée. Au bout d'un instant, elle reprend son interrogatoire : elle veut avoir le dernier mot.)*

### CAROLINE

En vérité, certaines gens ont beau commettre des sottises, leur appétit n'en souffre point. Moi, je ne peux rien avaler.

### MATHIEU

C'est que ton omelette est meilleure que tu ne penses, voilà tout. — Tiens! goûte-la!

### CAROLINE, *faisant la moue.*

Non. — Il était gros, ce lièvre?

### MATHIEU

Dame oui! il était gros.

CAROLINE

Combien pesait-il?... à peu près!

MATHIEU

Heu! je ne pourrais le dire au juste; mais c'était ce qu'on appelle une belle bête.

CAROLINE

Sept livres?... Huit livres?...

MATHIEU

Huit ou neuf, grandement.

CAROLINE

Mon Dieu, que je suis malheureuse! Je ne sais comment j'ai pu épouser un pareil homme!... Mais va... je le crierai à tout le monde, ton joli coup : il faut qu'on rie de ton imbécillité!...

# GENDRON

# GENDRON

A Louis Mirault.

## I

Comment l'ai-je vu pour la dernière fois? Cela, me semble-t-il, date d'hier...

J'avais à préciser certains souvenirs d'enfance. Et l'envie d'aller me retremper quelque temps au pays natal me prit si fort que, sans tambour ni trompette, je descendis, par un beau soir de juin, dans une vieille auberge de Cortz située près de l'église. Le jardin donnant sur la campagne, je m'échappais souvent par là, au lieu de m'exposer, en traversant la bourgade, à ces rencontres fortuites de braves gens qui vous accrochent impitoyablement au passage et ne vous lâchent plus.

Or, j'avais découvert, la veille — le long du

chemin raboteux qui mène à la maison des Tinse, du côté de La Chaume, — j'avais découvert un coin solitaire, tout velouté de mousse blonde, tout parfumé de thym sauvage, délicieusement propice à piper des rimes... Qui dira l'enchantement du poète, quand frissonne autour de lui l'éveil de votre vol musical, ô claires belles! et que vous tintez en pluie d'or sur la feuille de son carnet, trébuchant comme des abeilles ivres?

Dès le matin, j'y revins derechef. Ah! la radieuse journée en perspective! Etendu sur l'herbe drue étoilée de renoncules, et déjà prêt à fixer mes impressions, je voyais devant moi le soleil monter parmi les hautes branches d'un vieux cormier; on sentait l'aubépine fleurie, et comme, au dire de maître Ronsard,

> Dans les pertuis de son tronc
> Les avettes ont leur couche,

de toutes parts montaient des bourdonnements de mouches à miel; et devinant sans doute à ma mine que j'étais aussi de la maison, libellules et papillons rôdaient sans défiance; un jeune

bouvreuil commençait de nouveaux trilles,
quand, par malheur, le bruit d'une paire de sabots — clic! clac! clic! clac! — venant par le chemin, fit tout envoler. Les lourdes chaussures de
pauvre diable sonnaient alternativement sur le
sol dur, car elles étaient sans doute rafistolées
de légères ferrures détendues ou mal clouées, et
leur rythme, à chaque pas, s'agrémentait de
discrètes vibrations de guimbarde. Vite je
m'aplatis dans les graminées folles, le nez contre
terre, ne bougeant plus, pour donner au fâ-
cheux le temps de passer outre. Plus aucun
bruit. Je me lève et me retourne. Quelle surprise! Debout, pipe au bec, les mains nouées
sur le croupion, IL s'est planté là, me fixant,
une pointe de malice en ses yeux bleu clair, tout
petits.

— Comment! fais-je en riant, te voici, mon
vieux? Par étourderie, je vais lâcher le mot qui,
d'habitude, le met en fureur, mais je me retiens, et lui tapant familièrement sur l'épaule,
je répète :

— Te voici! Te voici, mon vieux Jean-
Georges!

— Oui, me v'là! dit-il, reniflant d'aise.

— Et comment m'as-tu déniché?

— Les grandes harbes armuaint, j'ai cru qu'un *yeuve* (1) s'était arrêté là pour *s'aquillauder* après avoir couru dans la rosée.

Il était grand et sec, la tête un brin dans les épaules, car il avait, depuis plusieurs années déjà, dépassé la soixantaine. Un large chapeau de joncs tressés en forme de cloche, relevé par devant, laissait voir sa face maigre, tannée, gercée de mille petites rides, où luisaient ses yeux clairs, ses yeux d'innocent; et son nez couleur de noisette mûre, un peu long, aux ailes ouvertes, s'avançait au-dessus de sa moustache blanche d'ancien fusilier. Perché sur ses deux hautes jambes *gavaudes*, le buste disparaissait sous une blaude flottante; et le pantalon rapiéceté rapiécèteras-tu s'arrêtant aux chevilles, les pieds nus de Jean se fourraient vite dans les sabots fêlés, breneux, mais pleins de musique en sourdine, dès qu'ils étaient en mouvement... Clic! clac!

(1) Lièvre.

D'une vanité fort chatouilleuse, avide de
considération, il se trouvait bien aise de constater que je n'étais pas fier avec lui. Une prise
dans une queue-de-rat, une pincée de petit caporal dans une vessie de cochon, pour bourrer
sa pipe ou rouler sa chique (il avait tous les
vices!), cela suffisait à gagner ses bonnes grâces;
mais s'il vous arrivait, par exemple, de l'ap-
peler GENDRON ou BÉJAUNE, les deux sobri-
quets qu'il abhorrait le plus, il détalait à grandes
enjambées, mâchant des imprécations et des
menaces...

Il faisait songer à quelque Don Quichotte
dégénéré, ce Jean-Georges Fleuriot, dit Gendron,
et frère de la Fine. Son imagination lui jouait
des tours incroyables. Dénùé de jugement et de
sens pratique, il n'était cependant pas tout à
fait « une bête baptisée », comme on le croyait
trop : maintes fois, il trouva moyen de montrer
une pointe d'esprit au milieu des pires extravagances et de décontenancer par quelque facétie
tel mauvais farceur se faisant jeu de lui conter
des balivernes. Quoi qu'il en soit, les faits et
gestes de ce phénomène ont, pendant plus d'un
demi-siècle, amusé CEUX DE CHEZ NOUS où son
souvenir est encore vivant.

Je n'ai jamais pu savoir s'il était né à Cortz,
le registre de l'état civil ne mentionnant pas
d'acte à son nom.

— J'seus v'nu au monde l'année des grousses

mêles (1), disait-il, l'même jour qué l'fils Clément qui, dans l' temps, s'est cassé l'bras en chipant des guignes et qu'dirige encore une usine là-bas ben loin, au pays des hirondelles.

C'est tout ce que j'ai pu tirer de lui.

Comme la plupart des enfants prodiges, il se distingua de bonne heure entre tous les gamins de son âge. A peine âgé de douze ans, il ahurissait déjà le curé par des doctrines sentant le fagot et surtout par l'entêtement diabolique (si je puis m'exprimer ainsi) qu'il montrait à les soutenir.

Dans une séance de catéchisme, le prêtre lui dit :

— Voyons, Jean-Georges, lève-toi pour répondre à ma question. Combien y a-t-il de Dieux?

— Ah! dame, j'les ai pas encore comptés; mais y'en manque pas : i'sont p'us d'mille!

— Comment dis-tu, petit misérable? Il n'est qu'un seul Dieu, créateur du ciel et de la terre et souverain Seigneur de toutes choses... Répète un peu.

(1) Nèfles.

— Pour ça, non!... Moi j'en counais cent, j'en counais mille; et j'en seus ben content, attendu qu'y a jamais trop d'bon monde.

— Eh bien! conclut le curé, jusqu'à ce que tu m'aies obéi, tu ne feras point ta première communion.

Et Jean-Georges, s'obstinant à rester bouche cousue, fut relégué au fond de l'église, sur un banc de pénitence, sans que le curé daignât désormais lui poser la moindre question.

Cependant approchait la grande semaine, et Jean n'avait pas encore fait amende honorable. Farouche dans son coin, les genoux serrés, la *ruiche* au nez et le nez baissé, il restait jusqu'à la fin de chaque séance, sans plus de mouvements que la statue en plâtre de saint Jean qui garde l'entrée du baptistère. Quel endurcissement! Le diable s'en mêlait donc? Las d'attendre une rétractation, que rien ne faisait prévoir, le prêtre allait par un renvoi mettre fin à ce scandale, quand une grande fillette blonde, jolie, éveillée, s'en vint frapper à l'huis de la cure.

— C'est moi, la Fine Fleuriot. Je vous amène

mon frère, le Jean. Des convulsions l'ont rendu *badifou*, comme vous savez; mais il n'est point méchant.

Cherchant des yeux, le curé dit :

— Je ne vois pas l'excommunié. L'as-tu perdu en route, ma bonne Fine?

Le gars restait, en effet, tout honteux derrière la porte, n'osant faire un pas de plus.

— Hé! viens donc, berdin! dit la Fine. M. le curé va recevoir acte de ta repentance.

— Il n'est qu'un seul Dieu, créateur du ciel et de la terre et souverain Seigneur de toutes choses! confessa Jean, tombant à genoux.

— Ta soumission s'est fait attendre, dit le prêtre en hochant la tête, mais en raison de la parole du Seigneur : *Heureux les pauvres d'esprit, car le royaume des cieux leur appartient,* je l'accepte tout de même, et va en paix!

Jean-Georges fit donc sa première communion. Et comme la mère Fleuriot, veuve depuis trois ans, était pauvre, très pauvre et, par surcroît, souvent malade, il devenait urgent de mettre Jean-Georges en service, pour ménager le chanteau que la Fine, à peine sortie d'apprentissage, ne pouvait point renouveler souvent. Une grosse fermière de La Môle consentit à prendre Jean en qualité de gardeux d'oies.

Tant que dura la belle saison, tout alla bien. Muni de provisions pour son repas de midi, — une tranche de pain, un *bout* de fromage, — le nouveau pâtre, dès huit heures, partait avec ses bêtes. Il les devait mener aujourd'hui en tel champ d'éteules; demain, au mitan de telle prée; tantôt, par les sables et les ternuches ou terres à chiendent; tantôt par les chaumes crevés de gours saumâtres et de mardelles où, par les nuits sans lune, se cachent les sorciers. Les oies modaient, comme on dit dans le pays; Jean maraudait ici et là, sans perdre de vue son troupeau. Griottes, mûres, alizes, cormes, calons ou lambrusques amélioraient sa pauvre pitance; et il buvait aux claires fontaines, y trempant le bec et le relevant tour à tour, à la façon des tourterelles qui se désaltèrent en eau courante. Ainsi pâtre et troupeau étaient contents. Le soir venu, on rencontrait Jean sur le chemin de la ferme, poussant à la douce ses bêtes heureuses qui jasaient devant lui et balançaient leurs jabots arrondis.

Mais, avec le temps, l'humeur de Jean changea. Sans qu'on sût à quoi les attribuer, des caprices, des lubies, des accès d'irritation lui venaient. Pour un rien, il houspillait ses bêtes, administrant même, afin de servir d'exemple, de fréquentes volées à certaines d'entre elles qu'il prenait subitement en grippe. Chaque soir, plusieurs rentraient au tect, l'aile pendante et boitaillant. Bref, le gardeux d'oies en fit tant qu'il en fit trop. Ses souffre-douleur, ayant le chignon près du bonnet, tinrent conciliabule : une révolte éclata. Plumes hérissées, le col allongé, en « silant », l'un des jars osa prendre la tête du mouvement; mais sa troupe, bruyante et couarde, ne le suivit pas loin : au moment décisif, elle se sauva en grand tumulte, poussant vers le ciel des clameurs éperdues... si bien que, resté seul en face du danger, le chef des rebelles tomba au champ d'honneur, abattu par un formidable coup de trique. Cette mort ne resta point sans vengeance, car la fermière, après avoir piaillé tout son soûl, envoya le meurtrier se faire pendre ailleurs... Et Jean-Georges serait

peut-être crevé de faim, si maître Fromentel,
métayer aux Mahauts, ne l'eût pris en pitié.
Les Mahauts sont un domaine opulent en bre-
biage, et Jean y fut admis en qualité de petit
berger. Plus d'une fois la main lui démangea
sans doute, et il s'oublia peut-être; mais les
oueilles du Berry, chacun sait ça, ne se rebiffent
guère quand on les malmène, voire quand on les
tond de trop près... En sorte que les méfaits,
s'il y en eut, furent étouffés.

Et Jean-Georges resta aux Mahauts jusqu'au
moment du tirage au sort.

# III

Il a chance de tomber sur un bon numéro. Il part quand même pour le service, mais comme *remplaçant*, tout jeune cancre un peu cossu pouvant alors se dispenser de l'impôt du sang en payant tel pauvre diable qui consentait à s'enrôler pour lui dans un régiment. Aujourd'hui, on s'en tire, paraît-il, à meilleur compte.

Quoi qu'il en soit, le prix du marché (quinze cents francs d'argent blanc) versé entre les mains du grand Daguin, maire de Cortz, Jean, qui n'a jamais tant vu de pièces de cent sous, ne se peut tenir d'y faire une entame. D'ailleurs, sa mère est morte; et la Fine, mariée au Claude Frotté, — un gars riche qui l'a prise pour ses beaux yeux, — n'a plus besoin de rien. Jean se paye donc un grand lit à pieds tournés, des rideaux ramagés rouges, une paire de sabots-galoches, des souliers, deux chemises en

8

toile bise, un parapluie, — toutes choses qu'il retrouvera au bout de sept ans et qu'il confie, en attendant, à la Fine.

Puis, en route!

> Et en avant, marchons
> A la gueule du canon.
> C'est là que je verrons
> Si nos conscrits sont bons!

Eclate la guerre de Crimée. Notre homme s'embarque avec son régiment, le 3ᵉ fusiliers, sur l'*Eldorado* qui force la rade de Sébastopol juste le lendemain de la prise des derniers forts. On profite de l'armistice pour dégrossir le jeune conscrit. Il en a besoin. Le caporal Chalumeau, chargé de la besogne, ne peut, malgré sa patience légendaire, inculquer les principes de la marche à son élève. C'est en vain qu'il crie : « Gauche! Droite! Gauche! Droite! » Jean s'obstine à partir du pied droit.

— Mais f...ez-le dedans! clame le capitaine, exaspéré.

— V'nez-y donc, vous! répond Jean-Georges sans s'émouvoir. J'voudrais ben savoir c'que ça peut vous faire que j'parte du pied gauche ou du pied droit? Est-ce qu'on y r'garde de si près, cheux nous, quand on saute un échalier?

Jean tâtait de la « garde du camp » en veux-tu en voilà, car il tenait une réponse déplacée toujours prête pour qui lui faisait la moindre observation. Le caporal Chalumeau, qui l'avait dans son escouade, s'efforçait pourtant, en qualité de pays, à le ménager... n'empêche que maintes fois il fut obligé de sévir.

— N'aie peur! bougonnait Jean, j'saurai où trouver ta peau, quand j'aurai mon congé.

Heureusement, Chalumeau n'était pas homme à s'effrayer d'une menace dont l'exécution était si lointaine.

En attendant, le jour du retour en France arriva. Jean ne se possédait plus. Il riait, il chantait, il pleurait... N'était-ce pas la fin de ses malheurs? Il le croyait du moins. Mais voici que le capitaine de frégate commandant imagina de faire participer au service de l'équipage tous les militaires embarqués sur son navire. Or, à son bord, le commandant est presque maître souverain. Il fallut donc obéir. Service de quart, lavage du pont, du faux-pont et des batteries, nettoyage des gamelles, aération des hamacs, corvées de poulaine, de charbon ou de vivres, on n'en finissait plus. Tous les hommes du 3ᵉ fusiliers étaient sur les dents. Et quelle nourriture, grand Dieu! Un os de bœuf ou quelque lardon rance noyé dans du jus de fayots. Au surplus, une discipline de fer. Pour un oui, pour un non, le maître d'armes vous cadenassait les pieds aux boucles de la barre de justice; et couché sur le flanc, près des soutes, vous restiez plusieurs jours dans les ténèbres, abruti par le bruit continu de la mer, sans apercevoir un coin de ciel. Dès que le malheureux, libre d'entraves, pouvait enfin grimper sur le pont et respirer l'air du large, il recevait dans les jambes des paquets d'eau salée ou d'énormes cordages mouillés que les matelots, tacitement encouragés par leurs chefs, lançaient avec leur joie de brutes heureuses de faire souffrir.

Des dix-huit jours de traversée, Jean-Georges en passa douze à fond de cale. Pour échapper à cette existence de forçat, il voulut, une fois,

se jeter du haut du gaillard d'avant. Redevenu
son ami dans l'infortune, le caporal Chalumeau
parvint tout de même à le remonter.

— Voyons, Jean-Georges, lui dit-il, un beau
gars comme toi, qui as du sang dans les veines,
tu ferais une chose pareille? Et tes quinze cents
francs d'argent blanc iraient si tôt à la Fine,
donc? Ça, ce n'est point digne d'un conscrit du
3e fusiliers!

Enfin la terre de France émerge des flots, un
beau matin, en même temps que le soleil; et
bientôt la rade de Toulon s'ouvre devant le
vaisseau qui porte le 3e fusiliers et sa fortune.
On mouille au pied de la ville, à cent brasses
du quai. La troupe débarque, laissant à bord
le plus gros faix de ses misères, semble-t-il, car
en dépit de tout son attirail, elle monte allégrement par les rues, entre deux haies de curieux
accourus pour l'acclamer. L'œil humide et le
cœur brouillé, Jean-Georges ne dit mot, allonge
le pas, jetant parfois en arrière un furtif regard
de bête traquée, comme pour s'assurer que la
barre de justice ne le suit point...

Et par étapes successives le 3e fusiliers regagne la ville de Rouen, sa garnison d'origine.

Maintenant qu'il a « des campagnes » à son actif, Jean-Georges entend qu'on ne le considère plus comme un conscrit. Hâbleur d'occasion, il conte volontiers, quand il sort en ville, d'imaginaires prouesses dont il a naturellement été le héros. On dirait que son esprit s'est quelque peu affûté. En tous les cas, il devient faraud et *s'aquillaude* avec complaisance devant sa petite glace de fusilier. Sa moustache pousse de jour en jour. Son nez, qui lui a valu le surnom de BÉJAUNE, gâte un brin l'ensemble de sa figure; mais les poils de sa lèvre, croissant encore, corrigeront ce défaut. Et puis Jean s'exerce à grasseyer, afin d'éblouir tout à fait les gens de Cortz par sa distinction, quand il rentrera « dans ses foyers ». D'autre part, ses camarades, qu'il fait rire, et ses chefs qu'intéresse l'imprévu de ses saillies d'humeur, se montrent indulgents. Et le service n'étant pas dur, le caporal Chalumeau l'emmène souvent, après la soupe du soir, boire une chopine et parler du pays chez un marchand de vin proche du quartier. Mlle Julie, la fille du patron, vient s'asseoir à côté d'eux pour rire un petit, — car l'accorte Normande a deviné que Jean-Georges n'est pas insensible à ses beaux yeux, et elle s'en amuse.

Les choses en sont mêmé arrivées au point que le caporal Chalumeau s'attend à ce que l'amour de son « pays », l'un de ces quatre matins, fasse explosion, — quand un événement imprévu se charge de reculer aux calendes le dénouement de la comédie : l'expédition de Chine est décidée, — et le 3ᵉ fusiliers doit y prendre part. (Ce sont toujours les mêmes qui marchent.) En conséquence, il s'embarque à Brest, je crois, sur la *Marie-Salope* (1).

De ce long voyage à travers les océans, de la vie de campagne aux Pays Jaunes, et du retour en France, aucun souvenir précis ne resta dans la caboche de Jean.

A qui l'interrogeait là-dessus :

— Allez-y voir! répondait-il d'abord. Puis le hâbleur qui était en lui reprenant le dessus, il reniflait et continuait, par bribes : La mer, qu'on a ben agrandie depuis la guerre de Cri-

(1) Renseignement fourni par Jean-Georges. Il s'agit de la *Marie-Galante* sans doute.

mée, était tantôt claire et jolie, tantôt noire,
baveuse et méchante comme une sorcière...
Quand on approchait d'la côte, on voyait
d'grands *âbres* fleuris qui sentaient bon, pendant qu'des diables cornus et des serpents en
faïence se f...aient des râclées su'l'faîte des
maisons... Là-bas, j'ai d'un coup d'sabre éven-
tré deux magots à queue... Tantôt l'soleil me
rôtissait la coine; tantôt, pour me rafraîchir,
l'ciel s'mettait à pisser des jours et des jours,
et j'pataugeais jusqu'aux fesses dans la *pa-
touille* rouge, — mais j'ai eu du bon temps tout
d'même... Su'l'pont d'la *Marie-Salope*, j'pré-
parais l'café du matin avec l'maît' coq. J'en
beuvais tout mon soûl : j'n'avais qu'à mettre
l'nez au baquet, coume une vache... Une fois,
j'avons pris un requin : il ouvrait une gueule,
mille dé dieux! En avalant d'travers la baïon-
nette de mon flingot, i's'est étranglé...

Nous retrouvons Jean-Georges à Rouen, dès
son retour en France. Il a repris ses anciennes
visites chez le marchand de vin dont il espère
être le gendre. Plus que jamais Mlle Julie est

avenante. Chaque fois que le fusilier l'aperçoit,
son cœur bat la berloque. N'y tenant plus, il
lâche enfin son secret et fait sa demande en
mariage par la même occasion. (Ah! entendre
le soupirant lui-même exposer en termes im-
payables ses projets de vie commune et piger
ça sur le vif!)

Un éclat de rire argentin tomba sur l'amour
du pauvre diable, comme une douche sur le
feu.

— Vous *r'chignez des dents* pour ça? fit-il,
indigné. J'vous f...'rais en blanc tout comme
un aut'e, allez! J'ai quinze cents francs chez
l'grand Daguin, mon lit à pieds tournés, là-bas,
chez la Fine... Que vous manqu'rait-i' au jour
des noces?

Et, sans attendre la réponse, il sort en faisant claquer la porte et s'enfonce à grandes enjambées dans la nuit où ses godillots ferrés
— clic! clac! — résonnent sur le pavé.

Cette déconvenue fut pour Jean-Georges un
véritable désastre. La vie d'insouciance à peu
près complète qu'il avait menée jusqu'ici commença de lui peser. De la gloire, il n'en voulait

plus. Et qu'il était long, son congé! En verrait-il
seulement la fin? Avait-il encore « à tirer » une
année de service, six mois ou quinze jours?
Hélas! il l'ignorait, ne sachant point compter.
Sans doute il eût pu facilement se renseigner,
mais il n'osait : la vérité lui faisait peur. Le mal
du pays le prit; c'était une pitié.

— Ah! si j'counaissais tant seulement la
boune route pour retourner à Cortz, gémissait-il,
j'm'ensauverais pendant la nuit!

Mais il ne la connaissait point, cette bonne
route, ni ses camarades non plus, — car le caporal Chalumeau, maintenant libéré du service,
n'avait pas pensé à la lui montrer avant son
départ. Revoyant en son idée le cher village
échelonné sur la colline, et le fin clocher dont la
pointe bleue dépasse le vieux « calougné » de la
place de l'église, et la fontaine de Saint-Pantaléon qui chante si clair dans le bassin couvert
de lentilles d'eau, le long du canal, — et tous
ceux qu'il avait connus, et sa sœur Fine qui
n'écrivait pas, et sa pauvre défunte mère en-
terrée, il se cachait pour pleurer sa détresse,
comme ces malades en exil que la vie abandonne

peu à peu et qui dans leur entour sentent déjà
rôder la Mort...

. . . . . . . . . . . . . .

Or, certain jour qu'il était encore plus triste
que de coutume, un de ses camarades vint lui
dire :

— Hé! Jean, le sergent-major te demande.

— Mille dé dieux!... Encore une corvée?

— Va toujours : tu verras bien!

De fait, une de plus, c'était une de moins. Il
se leva, résigné, ouvrit la porte de la chambrée
donnant sur le palier et descendit les marches
sans hâte, jusqu'au premier étage où se trouvait le bureau de la compagnie.

— Ton congé tire à sa fin. On va te désarmer
cet après-midi et, demain matin, te conduire à
la gare. Tu recevras en temps voulu ta feuille et
tes frais de route. Est-ce compris?

De joie éperdu, Jean-Georges se prit à sangloter.

# IV

*Nevers, vingt minutes d'arrêt!* Jean, qui avait
épié le moment, sauta sur le quai. Dès qu'il eut
fait viser ses papiers, il sortit; et par l'avenue
qui monte vers la ville, il gagna la place de la
Halle d'un pas alerte, dans l'espoir d'y rencontrer des gens de par chez nous, car c'était un
samedi, jour de foire. Il rayonnait. Sa tunique
à basques lui serrait la taille, deux boutons de
cuivre luisant derrière, comme des yeux. Son
bonnet de police incliné vers l'oreille droite, la
moustache en croc, il marchait crânement, — un!
deux! un! deux! — s'arrêtait, le poing renversé sur
la hanche, considérant le bas de son pantalon
garance et ses pieds guêtrés de blanc, comme
pour s'assurer que c'était lui-même, Jean-
Georges Fleuriot en personne, cet élégant fusilier qui se pavanait ainsi devant la foule. Des

voitures se croisaient en tous sens; un cabriolet s'arrêta brusquement.

— Par ici! Par ici, Jean-Georges! fit une voix.

On l'avait reconnu. Jean-Georges se retourna, pour voir. Etait-ce possible? La bedaine secouée d'un gros rire, le grand Daguin, le maire de Cortz, en chair et en os, lui faisait signe! Quelle émotion!

— Je te prends, je t'emmène, mon vieux Jean! — Hue, Cocotte!

La nouvelle, vous le pensez bien, eut tôt fait le tour du pays : Jean-Georges est revenu! Jean-Georges Fleuriot, vous savez? le frère à la Fine.

Eh! oui, l'on savait, personne n'ayant oublié le badifou, malgré sept ans d'absence. Il était même plus célèbre qu'avant, car les langues avaient marché avec le temps. On mettait sur son compte un tas de *faictz* et *devis*, comme disaient nos pères, faictz et devis saugrenus imaginés de toutes pièces et que les conteurs eux-mêmes, à force de les répéter, tenaient maintenant pour vrais. Cependant que de fois, lorsqu'il s'agit de notre Jean, le réel l'emporte en imprévu sur la légende!

Le lendemain, qui se trouvait être un dimanche, Jean-Georges ne parut nulle part;
il avait les os rompus à la suite des intermi-
nables heures passées dans les salles des gares,
le long des voies ferrées, en attendant la cor-
respondance des trains. Il reposa donc toute
la sainte journée du bon Dieu sur le fameux
lit à pieds tournés. Aussi, des curieux s'étant
présentés, l'après-midi, pour lui dire bonjour,
se retirèrent fort désappointés; Jean-Georges
ne reçut personne. Mais, en dépit de la Fine
qui l'avait revu avec un brin de gêne, il voulut,
dès le lundi, commencer ses visites d'amitié.
On l'attendait devant les portes, afin de l'agrip-
per au passage, de lui arroser la luette, de le
faire jaser et de rire à ses facéties. Si par hasard
quelque logis restait clos, il en secouait l'huis;
et tapant à grands coups, il criait :

— Ouvrez, ouvrez, mille dé dieux! J'seus
in soldat de France!

D'être fêté partout il souriait. Hommes et
femmes lui faisaient des compliments ironiques
sur son élégance... pour voir le monde, ne s'était-
il pas mis sur son trente-et-un? Une raie bien

droite séparait ses cheveux juste au milieu
du front. Il tordait avec grâce sa moustache
blonde. Frottés au tripoli, les boutons de sa
tunique reluisaient comme des pièces de vingt
francs; ses chaussures de cuir sortaient des
guêtres éclatantes, pour montrer leurs deux
pointes noires et polies à s'y mirer. Le reste
de la tenue était moins brillant sans doute et
les basques de sa tunique étaient un peu fri-
pées... n'empêche que les filles se laissaient
facilement prendre une bige par le fusilier.

— J'veux ben, pisque c'est pour rire! fai-
saient-elles. En vérité, c'était pour rire; mais
la plaisanterie avait quand même une douceur
qui ne leur déplaisait point.

Ce triomphe dura huit jours.

Lorsque Jean eut à peu près visité toutes
les familles de Cortz et des environs, l'accueil
qu'il y rencontra ayant été bien honnête, il
ne trouva rien de mieux à faire que de recommencer. On s'en lassa. Rien d'insupportable,
en effet, comme les politesses exagérées. Et,
dans l'intimité des foyers, on se fit un plaisir
de remettre en circulation les anciens sobri-

quets qui mettaient le pauvre gars si fort en
colère.

Un matin, certaine gamine, se rendant à
l'école des Sœurs, le croisa sur la route. Elle
le salua d'un *bonjour, béjaune!* qui lui fit
monter la moutarde au nez. Rebroussant chemin, il suivit l'enfant jusque dans la cour où
il cria de telle façon que la religieuse, ne sachant plus quel saint invoquer pour calmer
l'ire du forcené, imposa comme pénitence à
la fillette de baiser les dalles du vestibule.
Satisfait du châtiment, Jean-Georges s'en alla.
Mais les mauvais exemples, plus que les bons,
sont contagieux; et, le lendemain, une autre
*gasoute* se rendait coupable de la même faute.
Jean lui prend l'aile et traîne l'étourdie suffo-
quée jusqu'au seuil de la classe.

— Ma sœur, dit-il, j'vous amène encore une
p'tite rosse qué vint d'm'insulter; f...ez-y la
gueule su'l'carreau!

Cette façon expéditive de se faire rendre
justice, inaugurée par un badifou, commençait
d'inquiéter les esprits qui l'eussent trouvée,
de la part d'un autre, toute naturelle. Et les

mamans surtout se demandaient : « Comment tout ça va-t-il finir? Dans un cerveau pareil l'idée d'un crime pousse subitement, et si personne n'est là pour empêcher le mal... » Elles se rappelaient certains antécédents de la vie de Jean-Georges (entre autres, la mort du jars de la grosse fermière) et elles avaient peur.

— Que n'est-il resté à son régiment, cet imbécile! Nous n'aurions point de pareilles transes!

Les bonnes femmes de Cortz s'alarmaient à trop bon compte. Comme tout hâbleur digne de ce nom, Jean-Georges ne savait pas brider sa langue; mais, au fond, il était couard et la violence n'était guère son fait. Toutefois, sa vanité naturelle, fouettée par les attentions qu'on avait eues pour lui depuis son retour, devenait insupportable, et il la fallait mater. Mais son état d'énervement, d'exaltation, était dû aux chopines de vin paillet, aux petits verres de riquiqui, aux cerises à l'eau-de-vie, aux gouttes de cassis ou de brou de noix qu'il avait absorbés ici et là, sans compter. Tous ces alcools le travaillaient terriblement. La

constipation qui en résulta, jointe au changement d'air et de régime, se chargea, d'une
manière aussi burlesque qu'inattendue, de
remettre toutes choses au point en ramenant
le calme dans les familles et — autant que possible — notre homme à la raison. Voici comment :

*(C'est lui qui geint).*

— Ah! mon boun'appétit... coupé net! C'est
coume in étau qui m'serre les ous d'la tête!
Qui donc va m'tirer d'là?... En attendant,
j'seus su'l'flanc et j'vas mouri' c'te fois!

Justement le vétérinaire de Jouet, M. Boudu,
qu'on avait mandé pour la jument de maître
Cottard, venant d'arriver à Cortz, la Fine
l'alla quérir, car là-bas personne n'est scan-
dalisé de voir, à l'occasion, le vétérinaire soigner les chrétiens ou le médecin panser les
bêtes.

Quand il eut examiné le patient, M. Boudu
se flatta la barbiche :

— Quarante grammes d'huile de ricin à
prendre en deux fois!

Puis s'adressant à Jean-Georges :

— Toi, mon gaillard, tu m'en diras des nouvelles!

Mais, effrayé par le nom rébarbatif de la
drogue, Jean répondit :

— J'en veux point du tout!

— Alors, ton affaire est claire; on peut com-
mander ton cercueil au Bédouin, le charron.

— J'en veux point, qué j'vous dis, là!

Devant ce refus obstiné, M. Boudu fut bien
forcé d'entrer dans la voie des concessions.

— C'est bon, c'est bon! fit-il. Aimes-tu mieux
un lavement?

Cela devait sûrement mieux convenir au
pauvre monde.

Jean transigea.

— Tout d'même! murmura-t-il.

Mais quand il aperçut le clysopompe appro-
visionné d'eau tiède et prêt à fonctionner;
quand il eut en main le bout du tube caout-
chouté qu'il devait s'introduire vous savez où,
il commença de trembler et fut pris d'un tel
trac que le secours de l'appareil devint inutile :
la pièce engorgée lâcha d'elle-même une terrible bordée dont le pauvre badifou, canonnier

inconscient, fut naturellement aussi la victime... (Il s'en vengea, d'ailleurs, en écrasant
d'un coup de poing furieux l'innocent clysopompe auquel il attribuait sans doute la catastrophe.)

— C'est le vise-au-trou (1) qui t'a fourni ça
pour moi? cria-t-il à la Fine. Que j'le rencontre,
j'y casse une patte!...

.   .   .   .   .   .   .   .   .   .   .   .   .   .

— On l'voit p'us du tout, ce béjaune!
— Tu n'sais donc pas la nouvelle?
— Non.
— Eh ben! il est pris. Ça l'tint dans l'*cacoué!*
— Ah bon Dieu! ça va p't-êt'e lui r'mettre
l'esprit d'aplomb!
— Ainsi soit-il! coume dit l'curé. Mais il a
aussi des coliques de miséréré qui l'tortillent,
à ce qu'i'paraît.
— Ferait-il la bêtise de passer l'arme à
gauche?

Ainsi devisaient deux paysans de Cortz,
juste à l'angle de la grange au père Soulier.

(1) Apothicaire.

Celui à qui s'adressait la question eut une moue qui signifiait ni oui ni non, lorsque brusquement, à dix pas, le nez de Béjaune déboucha sur le chemin.

— Tiens, le v'là! chuchota l'autre, serrant le bras de son copain. Ils eurent un rire en dessous, puis remontèrent du côté de l'église.

Jean-Georges ne s'était pas encore montré depuis sa mésaventure qui datait de trois jours, car il avait craint les cancans du voisinage. Comme il ne s'était pas bien rendu compte de tout ce qui s'était passé, pour savoir, il eut l'idée de tâter la Fine.

— Qui qu'y avait ici quand *la chouse* est arrivée? demanda-t-il avec une certaine timidité.

— Pas grand monde, heureusement : moi, le Glaude et M. Boudu. Le ch'tit boiron rôdait bien par les cours; mais il n'a, j'en suis sûre, rien vu ni senti... La nuit tombée, j'ai couru jusqu'au riau du val rincer tes draps. Tu ne vas pas ébruiter ça peut-être? Je ne veux pas qu'on rie, une fois de plus, à nos dépens.

— N'aie peur, ma Fine! dit Jean fort contrit, on n'saura ren du tout!

L'attitude un peu louche des deux paysans, qui venaient de s'éclipser sans lui dire mot, n'avait donc pas réveillé les premières inquiétudes de Jean : ces deux guerdauds ignoraient tout, à n'en pas douter.

Le soleil était chaud, bien qu'on fût au commencement de l'automne. Un petit vent frais jouait dans les feuilles des peupliers. Et Jean, le nez en l'air, s'en allait, tournant le dos au village, tout aise de vivre. Puis il s'assit le long du fossé, contre le talus, et resta grave, le front dans la main. Il prenait volontiers cette attitude lorsque des extravagances lui trottaient par la cervelle. Et les deux paysans de tantôt revenaient se planter devant son esprit, comme une obsession, car ils étaient de ceux qui jadis lui avaient joué les plus vilaines farces. Ah! s'il pouvait combiner, pour la leur servir à point, quelque bonne mystification! Malheureusement, chaque fois qu'il a tenté pareil effort jusqu'ici, la trame en a été si maladroitement ourdie que les incohérences et les lacunes ont sauté aux yeux et qu'en fin de compte il n'est resté qu'une dupe :

le pauvre Béjaune lui-même. Mais rien n'a pu
ébranler sa confiance en soi; il est de ceux que
les échecs ne rebutent point... Voici que tout
à coup il se rappelle qu'au 3e fusiliers un de
ses camarades — le plus beau gars du régiment — est passé dans les lanciers et des lanciers, par ordre de l'Empereur, dans les fameux
cent-gardes. Jean-Georges ne trouve rien de
plus naturel que de prendre à son compte ces
« incorporations successives », comme on dit
en jargon militaire. Et puisqu'il voit déjà
là-haut les deux paysans redescendre de son
côté, c'est ou jamais l'occasion de mettre à
l'essai sa trouvaille. D'ailleurs, il n'y a pas besoin d'amorce : **goguenard, le plus jeune déjà
l'interpelle :**

— Qu'fais-tu ainsi, mon vieux Jean, les
yeux fichés en terre? Tu r'gardes l'harbe
pousser? N'en mange pas, la saison est passée.
Mais... j'te creyais mort, voire enterré. C'est
donc point vrai? Ah! coquin, t'en as même
pas envie, à c'que j'vois; t'es dru coume in
jau.

— Dame! quand on a sarvi dans les lanciers

et même dans les cent-gardes, on peut r'veni'
d'loin.

— Coument? dit l'homme en éclatant de
rire, lancier! cent-garde! Toi? J'aurais ben
voulu voir ça, par exemple! De ta vie tu n'as
sans doute enfourché ni in ch'vau, ni in mulet
mellois, ni in baudet, ni même eune bourrique..

— Tu crés ça!

— Oui, ben sûr! et j'te parie un écu d'cornemuseux (1)!

— Tope! j'allons voir.

Ça tombait à merveille; Phrasie, l'ânesse du
vieux Joset de La Chaume, broutait dans le
pré voisin. Elle était rétive comme pas une
et ne souffrait ni bât, ni cavalier. Son maître
l'avait reléguée dans ce coin de val où sa pétu-
lance pouvait s'ébrouer librement. Le madré
parieur, qui la connaissait, s'empresse de l'aller
quérir; puis Phrasie et Jean-Georges sont présentés l'un à l'autre, conformément aux rites.
La bête (c'est Phrasie que je veux dire) secoue
la tête et, les oreilles en berne, la narine gonflée,

(1) Deux sous.

jette à son adversaire un regard noir qui ne
signifie rien de bon. L'autre s'approche, et la
flatte, et lui parle, afin de l'amadouer; puis
brusquement il lui empoigne les crins et l'en-
fourche d'un bond. Malgré la perfidie de l'attaque, Phrasie ne bronche; par un petit mouvement de croupe, elle se contente de cahoter
son agresseur qui, perdant toute mesure, lui
bat les côtes à coups de talon. Alors elle se
met en danse et lâche de toutes ses forces,
en reniflant, une maîtresse ruade. Et, pendant
que le cent-garde désarçonné geint au fond du
fossé, Phrasie se sauve en ouragan jusqu'au
milieu du village pour chanter victoire.

Elle n'a perdu qu'un de ses fers dans la
bataille. Jean se relève et s'en empare.

— Mille dé dieux! dit-il, je l'tenais si serré
qu'i'm'est resté dans la main!

Mais le pauvre gars avait beau se mettre
en frais d'esprit, les rieurs n'étaient point de
son côté, l'homme de la Fine non plus, que cette
ridicule équipée, si proche de l'autre aventure,
mit de fort méchante humeur.

De fait, son beau-frère est vraiment insup-

portable. Comment s'en dépêtrer? Il en parle
à la Fine.

— Attends donc! lui dit-elle. Pour un rien
il prend la mouche. Je lui chercherai noise,
il déguerpira. D'abord, son argent, le notaire
ne peut le lui remettre. Son parapluie n'a
plus que les baleines; ses sabots-galoches le
gênent aux artous (1). Qu'en ferait-il? Restent
les rideaux ramagés rouges et le grand lit à
pieds tournés. Nous les garderons; où pourrait-
il, en vérité, loger tout ça? Quant aux deux
chemises de toile écrue, maintenant usées à
fond, qu'il les emporte!

— C'est vrai! dit le Glaude.

Et, le même jour, sans regarder en arrière,
le pauvre badifou s'en alla.

(1) Orteils.

## V

Heureusement, notre pays n'a jamais manqué de bon monde...

— Bonjour, maît' Cottard!

— Bonjour, Jean! Où vas-tu donc?

— La Fine ne veut p'us m'garder. De ce
pas j'venais vous d'mander un ch'tit rabicoin
pour faire ma retirance.

— Dame! je ne vois guère... Au fait, ins-
talle-toi dans l'étable avec mes vaches; cela
ne te coûtera rien, et tu leur tiendras compagnie.

— J'veux ben.

Aussi longtemps que dura le bail, elles ne
cherchèrent point querelle au nouveau pen-
sionnaire, les bonnes bêtes. Jean se trouva
même si tranquille, si heureux près d'elles,
qu'il y passa presque tout le reste de sa vie.

Il ne sembla donc pas s'apercevoir de cette

déchéance sociale; et son amour-propre, cependant si prompt à se cabrer pour une vétille,
resta en complète léthargie. Étable ou maison
de ferme, c'était tout un. Un gîte où se retirer,
un morceau de miche à l'heure de la faim, il
ne demandait guère plus. D'ailleurs, il ne refusait pas de se rendre utile, à l'occasion; il
enlevait les bouses des bêtes, dégageait les
caniveaux pour l'écoulement du purin, épandait la paille fraîche en litière et le fourrage dans
le râtelier, autant de menus services qui, matin
et soir, lui valaient place à table, près du va-
cher. Comme les ruminants dont il partageait
l'étable, il vivait donc dans une complète
insouciance du lendemain. Pour couche, il
avait un bout de mangeoire inoccupée, de la
paille comme édredon, une bûche en guise de
traversin; un vieux sabot lui servait de vide-
poches. Il suspendait ses hardes aux pointes
d'une fourche dressée contre le mur, car les
bourgeois du voisinage lui envoyaient déjà
quelques frusques, pour soulager son uniforme
de fusilier, qui commençait, hélas! à devenir
couleur de misère.

Il se levait quand il voulait, bricolait ou flânait, à son désir. Vers le milieu de la journée, il trouvait douceur à s'asseoir devant le chartil ouvert sur la place de l'église, afin de voir passer le monde rentrant du travail et d'entendre un à un tomber des abat-sons du clocher les tintements argentins de l'angélus C'était le signal du « goûter ». Dans l'après-midi, il revenait à son poste fumer une pipe, faire la digestion et, si le temps le permettait, un bout de somme. Ou bien il s'intéressait au peuple bigarré des poules qui vaguaient par la cour, en quête de grains perdus. Et toutes les fois qu'un grand diable de coq aux yeux d'or, rouge de plumage et haut crêté, s'approchait amoureusement d'une belle pondeuse qui s'accroupissait en serve docile pour le recevoir, Jean-Georges riait d'un rire muet et sentait confusément le besoin, lui aussi, de prendre femme.

Cependant, il ne se souvenait plus de Mlle Julie, son premier amour. Mais les mauvais plaisantins lui répétant : *Puisque tu vis de tes rentes, il faut te marier!* cette idée se vissa pour toujours dans sa caboche. Et une nouvelle et interminable série d'avanies commença pour lui.

Il disait, tenté : « J'veux ben; mais d'abord coument savoir celles (les filles) qui v'lont s'marier? — Eh! toutes les filles veulent se marier! D'ailleurs, le curé publie les bans à la grand'messe. Vas-y! — C'est vrai, tout d'même! »

Et des années, des années durant, Jean ne manqua guère — sauf pendant l'Avent et le Carême — la messe du dimanche. Il attendait, blotti dans un coin obscur de l'église, que le curé montât en chaire. Après les noms des défunts recommandés aux prières des fidèles et la récitation du *Pater* et de l'*Ave Maria*, le prêtre se levait, très svelte en sa longue robe de toile blanche. Ah! que Jean dressait les oreilles! S'il entendait la phrase consacrée: *Il y a promesse de mariage...*, son cœur battait à grands coups, ses esgourdes se mettaient à bourdonner, et il ne retenait que deux mots qu'il redisait, tout bas jusqu'à la fin pour ne pas les oublier, les noms de la promise.

Toujours placé près « des grandes portes »,
il pouvait filer l'un des premiers. Son gîte se
trouvait à cinquante pas. Il y entrait, prenait
sa petite glace ronde, afin de voir s'il avait
bonne mine.

— Mille dé dieux! j'seus pas rasé! criait-il
avec dépit. Il courait chez le frater.

— Galope, galope! gratte-moi la coine; j'vas
cheux ma blonde!

L'autre, afin d'énerver son impatience, faisait mine de lanterner. Puis :

— Allons, du calme! Assieds-toi là et ne
bouge plus... Il faut maintenant t'ajuster les
crins. C'est le même prix!

Et il le coiffait d'une écuelle de bois faisant
calotte et les cheveux qui dépassaient étaient
rognés. L'opération finie, Jean-Georges secouait sa blaude, se rinçait le museau, sortait
sans mot dire et s'en venait rôder autour de
la maison qu'habitaient les parents de la promise. Tout le monde était à table. Quelqu'un
l'apercevait, l'appelait d'un cri ou d'un geste.
Il ne se faisait point prier.

— Tu vas casser la croûte avec nous?

— Tout d'même!

On lui servait, au bout de la table, une tranche de miche, une portion de fricôt, un verre de paillet, de ce joli paillet qui délie si bien la langue. Alors Jean-Georges se mettait à conter ses campagnes; et sa verve bouffonne, fouettée par les rasades, excitait le rire des convives. Les fiancés, qui se pressaient les doigts sous la table, n'étaient pas les moins émoustillés. Et l'on invitait Jean-Georges au prochain repas des noces. Quand on se levait, il s'esquivait sans demander plus, suivait les sentiers de traverse, sautait les échaliers qui lui jouaient de vilains tours et venait s'abattre dans sa mangeoire où il ne tardait pas à ronfler.

— Mille dé dieux! criait-il en s'éveillant, j'ai encore une fois oublié de faire ma demande!

Sans désemparer, il s'en allait trouver son confident habituel, un pince-sans-rire s'il en fut.

— Mais rien n'est perdu, disait celui-ci négligemment, envoie une lettre.

— J'sais ni lire, ni écrire... tu sais ben.

— Qu'à cela ne tienne; je serai ton secrétaire.

Et lui passant deux ou trois fois sous le nez
la feuille blanche et l'enveloppe, il s'asseyait,
approchait l'encrier, prenait la plume.

— Je suis prêt, tu peux dicter.

Jean avait le cœur chaud, l'imagination
ardente, et les mots lui venaient aisément.
A voir la plume trotter, il faisait des remarques
facétieuses :

— Elle laisse ses petites crottes derrière
elle, coume la Tricoteuse, la bourrique du
pé Gallet, su'la route de Laubray!

L'épître finie et signée d'un énorme *Jean-
Georges Fleuriot* qu'agrémente un flamboyant
paraphe, le secrétaire la glissait gravement
dans l'enveloppe et se chargeait de la porter
lui-même à destination. Il la portait, en effet;
mais après s'être arrêté à l'auberge où, pour
un verre de piot, il régalait de la lettre savoureuse quelques copains attardés... en sorte que,
grâce aux bonnes langues et dès le lendemain,
la démarche de Jean-Georges était connue à
peu près de tous CEUX DE CHEZ NOUS.

Or, l'inquiétude harcèle toujours les amoureux engagés sur la piste du bonheur. Notre

Jean espérait une réponse. Rien n'arrivait. Le madré secrétaire, comme autrefois le caporal Chalumeau, tentait de le remonter.

— Voyons, un brin de patience! lui disait-il. Ne faut-il pas du temps pour rompre les accordailles? Car le galant qu'on évince va naturellement renâcler... Et dimanche, tu ne seras point surpris si le curé, du haut de la chaire, prononce, au lieu du nom de ton rival, le nom de Jean-Georges Fleuriot!...

Ah! combien celui-ci, les yeux mouillés, sirotait de telles paroles!...

Mais la deuxième publication des bans arrivait, le nom du fiancé était le même. Quel coup! N'osant bouger tant que le prêtre n'avait pas regagné l'autel (par crainte d'être interpellé publiquement sans doute), Jean sortait de l'église, comme on attaquait le *Credo*, et courait chez les parents de la jeune fille. Rire aux lèvres, la maîtresse du logis disait, en le voyant, à ses invités :

— Voici mon gendre, mon GENDRON, mon gendrillon!

Et l'on faisait couronne joyeuse autour de

lui. Jean restait ahuri. Le vrai prétendant s'en mêlait.

— Je l'aime, tu l'aimes... Entre quand même; nous finirons par nous entendre!

Bref, on trouvait moyen de le berner jusqu'au jour du mariage. Bien résolu à défendre ses droits, Jean, ce jour-là, ne se montrait qu'au moment décisif, à l'heure du festin. On le plaçait d'ordinaire vers le fin bout de la table, entre deux lurons qui se chargeaient de le soigner. Mais il restait farouche, attendant l'occasion de dire son fait au joli coco qui prétendait lui voler sa « boune amie ». Il ne prenait quelque plaisir qu'à suivre des yeux les allées et venues des plantureuses servantes aux joues vermeilles et dont les beaux bras nus et potelés faisaient passer sous le nez des convives hilares des jambons énormes allongés dans leur gelée blonde ou de magnifiques volailles rôties dans leur jus couleur de miel. Il mangeait et buvait pourtant, l'esprit au loin. A la longue, le brouhaha continu des rires et des voix lui donnait la migraine. Les premiers flonflons des violons et les préludes

des vielles nasillardes, qui fouettaient bientôt
la gaîté des autres, ne le tiraient point de sa
torpeur. Puis le bal battait son plein; mais,
sur le coup de minuit, quand les jeunes époux
s'échappaient de la cohue pour être enfin seuls,
il y avait longtemps que Gendron, mon gendrillon, reposait dans les vignes du Seigneur. Et, le
lendemain, il en sortait avec la gueule de bois...

Dès que ce perpétuel candidat au mariage
se fourrait dans l'idée de demander la main
d'une jeune fille, les choses se passaient toujours à peu près de la même façon. Après
chaque déconvenue, il tournait ses prétentions
d'un autre côté, mais il en revenait toujours
à sa tactique extravagante, avec ce doux
entêtement des imbéciles. Sa crédulité gobeuse,
d'une sève inépuisable, montrait toujours des
pousses périodiques, comme un rosier remon-
tant qui, taillé à tort et à travers, s'obstine
pourtant à ne pas mourir.

Pour qu'une fille à marier touchât le cœur
de Gendron, il fallait non seulement qu'elle
fût gente, mais encore et surtout qu'elle fût
riche, très riche.

— Tel que vous m'voyez, disait-il, j'ai quinze cents francs d'argent blanc chez l'notaire de Jouet-sur-l'Aubois. Et j'seus beau gars, on peut m'lorgner, pisque j'ai sarvi dans les cent-gardes, mille dé dieux!... Si j'demande une femme, c'est pas pour la nourri'... assurément!

Là-bas, on cite encore les belles de jadis qui reçurent de lui des épîtres enflammées : Adélaïde Chaupré, petite rousse au teint lumineux sous sa coiffe fleurie, vive, éveillée, frétillante et sautillante, comme une bergeronnette; Catherine Bachelin, opulente beauté brune, à qui son vieil oncle l'Auvergnat n'avait pas laissé, disait-on, moins de cinq cents napoléons dans un bas de laine; Lise Morelle, légitime héritière du gros fermier de La Gastonnerie; Angélique Michelet dont les soixante journaux de vignes couvraient une pente de la côte de Corcelles, en Nivernais; Mlle Marie-Antoinette d'Aspremont (devenue marquise), la grâce même, avec sa magnifique chevelure blonde, ses grands yeux bleus, son nez aquilin, sa bouche souriante et ses toilettes claires qui faisaient songer à une reine de France; d'autres, d'autres encore; puis la plus mignonne, sinon la plus riche de toutes, et qui portait le nom de sa figure : Rosine Perdriel.

Gendron lui adressa la lettre suivante que j'ai eue entre les mains :

« Ma chère boune amie,

« J'vous écris pour vous douner d'mes nouvelles. J'vous ai vue, y a pas longtemps, au mi'ieu d'vos cousines, et j'peux pas vous dire comben j'vous ai trouvée brave. La p'us chicrotte des filles à Martin-qui-bat-l'beurre (?), si minaude avec son p'tit salaud (1) blanc bordé en dents de scie, vous dounait des biges à bec que veux-tu, et vous passiez vos doigts doux en ses ch'veux frisés. Ah! qu'j'aurais ben voulu êt' à sa place!... Mais j'seus resté caché, afin de n'point vous faire envouler.

« Si j'vous ai pas écrit p'us toût, c'est que j'me trouvais à La Marche, en vendanges. Les raisins fasaint toutes noires les vignes; j'en ai tant mangé qu'ça m'a f...u la drille (2).

(1) Tablier montant pour les enfants.
(2) La diarrhée.

Ren ne m'tint p'us au corps à présent. N'empêche que j's'rai bintoût guéri et qu'j'irai dimanche pour vous d'mander en mariage. D'ici
là, f...ez donc son compte au ch'tit douneux
d'ipéca qu'vous fait la cour.

« J'pren'rai le p'tit ch'vau du pé Denizot,
qu'ji ai ram'né d'la foire de Baugy, et l'tril-
bury d'mossieu Joulin. A nout' noce on n'verra
qu'des grousses têtes : l'grand Daguin; mossieu
Mirault; maît'Cottard qui m'résarve une oueille;
mame Cottard, une paire de jaus; mossieu Fon-
celle, in quart dé vin; et mame Blanchet, deux
galettes feuilletées, épaisses et rondes coume
des pains d'dix liv'es. Et, pour éviter la dépense, l'curé d'Torteron, qui n'demande qu'à
jouer une farce au curé d'Cortz, nous mariera
gratis.

« Vout'ami qu'vous serre les ous d'la tête,

« Jean-Georges FLEURIOT.

« *P.-S.* — Si vous v'lez pas vous marier anvec
moué, dites-le; j'demand'rai la Cuboua qui
m'appelle son beau fusilier. »

Cette fois encore, la démarche de Gendron

ne changea rien au cours des événements. Les noces de Rosine Perdriel eurent lieu à Givry. Il ne s'y montra point. Le docteur ***, son heureux rival, l'ayant menacé d'une purge dont il se souviendrait longtemps, le badifou, pris de peur, s'était caché pendant trois jours au fond des bois, dans une loge de charbonnier...

# VI

Il semble que cette fâcheuse histoire ait
marqué la fin de la vie romanesque de Jean-
Georges Fleuriot, dit Béjaune ou Gendron.
A partir de ce moment, il laissa les jeunes
filles de Cortz se marier à leur guise, et bien il
fit, car la plaisanterie n'avait déjà que trop
duré. Complètement désabusé des grandeurs
de ce monde, il revint pour toujours à son étable,
comme Cincinnatus à sa charrue. Ah! bêtes
et gens pouvaient à loisir « s'amignouner »
autour de lui, cela ne le troublerait plus; il
resterait jusqu'au bout vierge et martyr. D'ailleurs, il avait gîte, pitance et liberté... De quoi
eût-il bien pu se plaindre? Et, à chaque saison,
sa garde-robe s'enrichissait de nouveaux dons,
comme un musée. Outre sa tunique dépenaillée
et veuve de ses boutons à grenade, on y voyait
un frac noir du temps de Charles X, deux pale-

tots, une peau de chèvre, une redingote grise,
une veste de droguet, une blaude auvergnate
percée au coude, une limousine à trous comme
une écumoire, des gilets et des pantalons repê-
chés nul ne sait où; puis, au pied de sa couche,
un pêle-mêle de sabots orphelins et de bottines
fatiguées dont le bout de la semelle s'ouvrait
en gueule de crocrodile pleine d'ombre...

Encore plus variée, la collection des coiffures
emplissait deux tines, ce qui lui donnait à la
longue un petit bouquet de vendange : un claque
fripé s'aplatissant comme une galette, un haut
de forme galeux, un feutre mou couleur de
rouille, un clabaud, un chapeau à chevrons,
un « chalumiau », un panama graisseux d'une
illustre origine, une casquette de piqueur, deux
melons, un képi de garde-champêtre, un béret
toulousain, une calotte de curé ou de notaire
et le bonnet de police à gland rouge qui rappelait
la gloire de l'ancien fusilier.

— En vérité, ce stock de couvre-chefs vaut
qu'on se dérange; c'est une des curiosités du
pays! affirmait avec emphase le magister, afin
de décider les hésitants. Mais dès qu'il prenait

la peine d'ajouter : « Le tenancier de la friperie n'est autre que le fameux Gendron! » sans plus lanterner, et pour peu qu'on fût d'humeur joviale, on allait voir ça.

Un jour, M. Chambaret, régisseur à Crille, voulant divertir les gais compères qu'il attendait à déjeuner le lendemain, eut l'idée de se faire apporter la collection.

— J'ai besoin, dit-il à Jean-Georges, j'ai besoin d'un beau chapeau pour aller prochainement aux noces de ma nièce; et, ma foi! nous sommes en pleine moisson, je n'ai pas le temps de me rendre à la ville. Toi seul es capable de me tirer de là.

Très flatté qu'un personnage de cette importance s'adressât à lui, Gendron se garda bien de manquer le rendez-vous. A l'heure fixée, il faisait les cent pas dans la cour du château, couvrant des yeux ses échantillons correctement alignés sur la marge de la pelouse, comme des fusiliers à la parade, « mille dé dieux!... »

Quand, le café pris, les invités se trouvèrent devant ce singulier étalage et le non moins

singulier gardien, ils furent pris d'un rire inex-
tinguible, pendant que M. Chambaret, sans
ménagement pour Gendron, leur expliquait
la farce avec sa rondeur habituelle. Et chacun
d'eux s'approchant, coiffait d'un modèle le
bout de sa canne dressé en l'air et s'amusait à
le faire virer, virer, jusqu'à ce que le couvre-
chef affolé lâchât son axe et chût par terre.

Et les plaisanteries allaient bon train.

— Qu'est celui-ci?... Tuyau de poële? Accor-
déon?

— Ce melon n'est pas encore mûr, mon
vieux; mets-le sous cloche!

Tout à coup, Gendron se précipite sur sa
chapellerie dispersée, la rassemble des pieds,
des mains, furieusement, et l'emporte, comme
une louve ses petits, devant les invités de
M. Chambaret, sans qu'une grosse pièce blanche,
glissée par celui-ci dans la poche du badifou,
le puisse arrêter. D'une traite, il court droit
au canal. Arrivé à la digue, il lance en un beau
geste tragique tout son musée à l'eau. Et,
pendant que cela flotte à la dérive, lui se sauve
vers Cortz, en gloussant de fureur.

Naturellement, les haleurs qui, l'après-midi, passèrent devant Crille, ne surent d'abord que penser.

— Quelle noyade a donc eu lieu ici?

A tout hasard ils laissèrent traîner leurs cordages dans l'eau muette. Un panama ramené à la surface ne les rendit que plus perplexes... Ainsi — sans le vouloir, et pour la première fois de sa vie — Gendron (du moins pendant quelques heures, car tout finit par s'expliquer), Gendron réussit à mystifier Ceux de chez nous.

Mais il était bien tard pour que le pauvre gars pût en tirer gloire. Sevré de toute ambition désormais, il ne demandait plus rien à la vie et parlait volontiers de la bonne vieille Fleuriot, « sa chère mère », en allée depuis près de quarante ans déjà. Il prenait à présent certain goût pour ces retours mélancoliques vers le passé, si familiers aux gens qui approchent du tournant de la cinquantaine. A défaut d'autres, il avait eu jusqu'ici le premier des biens : la santé. Pourtant on ne l'entendait plus guère répéter son mot favori : « J'ai bon pied, bon œil et le reste. » Les petites misères, inséparables de l'âge mûr, commençaient de le tourmenter. Dans un mouvement d'humeur il brisa la petite glace ronde dans laquelle il s'amusait jadis à se faire des grimaces : avait-il besoin d'elle pour savoir que sa figure jaune se gerçait de rides et que sa moustache grisonnait à vue d'œil? Ce qui était plus grave, chaque changement de temps lui amenait des douleurs articulaires au genou gauche. Forcé de rester en place, il ne soufflait mot, semblant épier le mal auquel il eût fait sans doute un mauvais parti; puis, furieux de ne rien voir, il éclatait soudain.

— Mille dé dieux! c'est impatientant tout d'même! v'là que j'peux p'us armuer ma patte! Et il se mettait à geindre.

— Gnau! gnau!... J'dois ce cadeau à Jacques Bart'lot-les-grand's-dents, le j'teux d'sorts.

Enfin, c'était l'otite, avec des élancements aigus qui le privaient de sommeil et des bourdonnements plein la tête, qui le rendaient sourd; c'était aussi — et plus fréquemment — la névralgie dentaire dont il avait souffert

pour la première fois durant la campagne de
Chine, ses grosses molaires ayant fait leur
apparition à cette époque. La carie les rongeait
maintenant, les faisait éclater une à une et
lui mettait en feu joues et mâchoires. Par
moments, la violence de la crise lui arrachait
des larmes et des cris :

— Grassot! moun' ami Grassot!... Qu'on
m'l'amène! implorait-il : lui seul peut m'soulager.

Mais quand Grassot n'était pas là, on ne
savait guère où le prendre.

Natif de La Chapelle-Hugon, Grassot était
de son métier arracheur de dents. Il profitait
des foires, des grands marchés, des pèlerinages
et des « assemblées » pour débiter ses drogues,
ses pommades et ses boniments dont la clientèle savourait les saillies facétieuses. Son tilbury de misère, attelé d'une rosse étique, était
connu dans toute la région, à Mornay-sur-
Allier, Neuvy-le-Barrois, Apremont, Sancoins,
Germigny, Nérondes, Grossouvre, La Guerche,
Le Chautay, Cuffy, Torteron, Patinges, Cortz,
Saint-Loup-sur-l'Aubois, Aubigny, Mennetou...

Naturellement Grassot visitait de préférence les plus importantes localités où quelquefois les recettes d'un jour le dédommageaient de ses frais de tournées annuels.

Cortz n'étant qu'un « ch'tit bourg », on ne l'y voyait qu'à la fête de saint Pantaléon.

Quelques éclats de fanfare, suivis de trois roulements de tambour sous les platanes de la chaume Chausson, annonçaient l'arrivée du maître charlatan. Aussitôt la foule se portait du côté du guérisseux qui, debout sur son légendaire tilbury, la regardait venir, comme un roi heureux de voir déferler à ses pieds le flot de son peuple.

Les consultants, hommes ou femmes, se trouvaient pris, cernés, soulevés par le remous des autres que la curiosité poussait. Quant à Gendron, il s'asseyait familièrement sur le marchepied, afin de monter avant tous, dès la fin du boniment d'ouverture : la première opération étant gratuite, Grassot voulait que ce fût l'ami Jean-Georges qui en bénéficiât. Car Grassot et Jean-Georges s'entendaient à merveille. Le soir de la Saint-Pantaléon, ils

dînaient ensemble à l'auberge. L'un offrait la
bombance, l'autre le gîte. Et les illuminations
et les musiques de la fête n'étaient pas encore
éteintes que déjà les deux copains, repus et
contents, ronflaient côte à côte à l'hôtel du
bon marché, c'est-à-dire dans la paille de
maître Cottard.

Grassot avait de la poigne. Avec lui les
affaires allaient rondement. Son visage glabre,
surmonté d'une crinière rousse, et son long
corps maigre sanglé dans un frac pisseux s'in-
clinaient vers Gendron qui, docile, levait le
menton, ouvrait le bec, indiquait du doigt les
dents malades.

— Celle-ci, n'est-ce pas? reprenait Grassot;
celle-ci, puis celle-là?

— Arrache, arrache! disait l'autre avec
férocité.

D'un tour de pouce les incisives détériorées
étaient abattues. S'agissait-il d'extirper quelque molaire? C'était plus compliqué. Grassot
nouait solidement autour la mèche de son
fouet, tirait la ficelle d'un coup sec, violent...
un vieux chicot jaune, promené devant l'as-

sistance ébahie, pendait au bout. Mais le diable
d'opérateur en laissait toujours quelques-uns
pour graine dans la mâchoire de son ami...

Cependant les bonnes heures se faisaient de
plus en plus rares dans la vie de Gendron.

On ne l'invitait plus aux noces : il y com-
mettait des incongruités. Oh! les beaux poulets
rôtis dont il ne goûterait jamais plus!...

Quand la cloche annonçait par trois joyeuses
volées un baptême de première classe, il venait
épier les parrain et marraine qui lui donnaient un cornet de dragées mêlées de « cor-
nillouses ». Il pleurait comme une Madeleine
aux grands enterrements, certain de récolter,
à la sortie du cimetière, quelques piécettes
blanches. Pourtant, il n'osa jamais tendre la
main, bien qu'il eût, avec ses longs cheveux
blancs frisés et sa barbe qu'il laissait croître,
une pitoyable figure de vieux courandier.

Il se refusait maintenant à rendre autour
de lui le moindre service. De là des chamailleries sans fin au sujet du nettoyage de l'étable,
chamailleries que le maître au bon cœur fei-

gnait d'ignorer. Pour faire enrager le petit
valet d'écurie, Gendron se levait fort tard, un
peu avant la soupe de midi. Parfois même
ayant oublié l'heure, il ne venait point « goûter ».
Il se couchait en même temps que les poules.
Pendant la nuit, son sommeil, quoique coupé
d'insomnies fréquentes, était encore assez bon;
mais dès que le jau de mame Cottard avait,
à la pique du jour, lancé son premier cocorico,
c'était fini : Gendron ne pouvait plus fermer
l'œil. Ayant de ce fait pris le volatile en grippe,
il parvint à l'escoffier. Meurtre inutile d'ailleurs...
car le jau de mame Clément, qui ne s'était
pas fait exécrer jusque-là, se mit à coqueriller
le réveil, comme si l'autre lui avait en secret
passé la consigne. Gendron protesta.

— Après la mort de celui-ci, dit en riant
M. Cottard, c'est le jau du clocher qui doit se
charger de la besogne; et si tu t'avises de
grimper jusqu'à son perchoir, tu descendras
sûrement plus vite que tu ne seras monté!

Brr!... Le brave à trois poils qu'était Gendron trouva la plaisanterie lugubre et ne pipa
plus.

Certains faits tendraient à prouver qu'il ne resta pas jusqu'au bout l'être inoffensif de jadis. Il arrivait, en effet, que de vilains garnements de passage — mariniers fainéants, colporteurs de camelote, louches vagabonds à doctrines humanitaires — l'attiraient pour le soûler de belles phrases et d'affreux mélanges alcooliques qui le jetaient en un complet abrutissement. Quand il reprenait connaissance, il avait comme des explosions d'anarchisme.

— Ah! vienne le grand jour, hurlait-il... j'irai crever la panse à M. Dindeau et mettre le feu à ses granges!

Il se soulevait avec effort, trébuchait, se cassait le nez sur sa mangeoire et roulait dans le fumier.

Il eut pourtant une dernière joie.

— Jean-Georges, c'est demain la foire à Nevers. Mon bidet peut fort bien nous y emmener tous deux, si le cœur t'en dit. Le caporal Chalumeau paye à goûter.

Ahuri par l'imprévu de cette proposition,

Jean-Georges regarda bien en face son beau-
frère, le Claude Frotté, qui lui parlait ainsi et
qui, depuis leur brouille, avait maintes fois
tenté, mais sans succès, une réconciliation. Des
larmes lui vinrent aux yeux.

— C'est-i vrai, Glaude? dit-il enfin.

— Aussi vrai que je m'appelle Claude Frotté!

— J'irai! fit-il simplement.

L'ex-caporal Chalumeau tenait, avec son
fils et sa bru, dans la rue du Rivage, une bou-
cherie achalandée. Que de fois il avait amusé
sa femme et ses enfants à leur conter les
prouesses de l'ancien conscrit Jean-Georges
Fleuriot du 3e fusiliers! Quand le hasard l'eut
mis dernièrement en présence de Claude Frotté,
il n'avait pu contenir sa joie.

— Mon métier me retient à la maison, lui
dit-il; mais Jean-Georges, lui, peut venir. Il
faut me l'amener. Vous n'avez qu'à prononcer mon nom : je suis sûr qu'il vous suivra
jusqu'ici comme un chien!

Chalumeau portait encore ses énormes moustaches et sa belle barbiche d'autrefois; mais
elles étaient à présent blanches comme neige.

A part ça, il avait peu changé : Jean-Georges
le reconnaîtrait sûrement.

L'entrevue fut, pour les deux vieux camarades du 3ᵉ fusiliers, un vrai jour de fête. Pour
la circonstance, Jean-Georges s'était fait raser
de frais, tailler les cheveux et avait mis ses
meilleures nippes. Son caporal ne lui ménagea
point les compliments. Il en fut si heureux que,
le soir, oubliant ses rancunes passées et sa
mangeoire, il se laissa conduire jusqu'au domaine de La Chaume et consentit à coucher
dans le grand lit à pieds tournés.

— J'seus ben aise, dit-il à la Fine : Chalumeau nous a soignés... Des grillades larges
coume mes deux mains, du vin de Corcelles
et du café au riquiqui...

## VII

Cette joie dura ce que dure une rose. La
nostalgie de l'étable le prit, et, le lendemain,
il parla de retourner au bourg. Là-bas, c'était
bien plus gai qu'à La Chaume : on y voyait
passer du monde au moins! Et puis il avait
couché tant d'années sur la paille que c'était
un tourment pour lui de se fourrer maintenant dans les draps. De plus, il apprit à ses
dépens que des légions de punaises poivraient
le bois de son grand lit à pieds tournés. Elles
restèrent collées contre les planches jusqu'à
ce qu'il fût endormi. Dès qu'il ne remua plus
et commença de ronfler, elles se mirent sournoisement en campagne, explorèrent les parties
charnues de son corps en lui pinçant la peau.
Lui, réveillé en sursaut, se gratta, gigota et,
se retournant brusquement, écrasa les moins

agiles dans leur fuite... Elles se vengèrent en
l'enveloppant d'une odeur abominable, — car
il n'est pas vrai que le cadavre d'un ennemi
sente toujours bon...

— J'm'en vas ce soir! dit-il à la Fine. J'seus
trop vieux pour êt' encore, coume au régiment,
dévoré par ceux bêtes-là!

La Fine sut tout de même le retenir.

— J'reste, mais j'veux coucher à l'écurie!

Hélas! il n'en eut point le temps. Dans la
journée, il se plaignit d'un malaise général,
d'une lassitude accablante qui l'obligea de se
coucher. Il devint triste, agité, refusant presque
toute nourriture.

— C'est fini, c'te fois! murmura-t-il.

Le surlendemain, la Fine remarqua une
certaine bouffissure au visage; puis l'enflure
augmenta et se répandit, les jours suivants,
par tout le corps. Le Glaude alla chercher le
médecin... Il était trop tard.

Jean-Georges Fleuriot, plus connu sous le
nom de Béjaune ou de Gendron, fut emporté
par l'albuminurie. Pendant le temps que dura

la maladie, on peut bien dire que la Fine, qui le soigna, fit d'avance en ce monde tout son temps de purgatoire.

Il « passa » le premier dimanche d'octobre, vers midi. Des oies jasaient dans la cour baignée de soleil; une bourrique s'ébrouait le long d'un pré; des jaus s'appelaient de ferme en ferme, et l'angélus épandait sur la paix des champs sa suprême « berdounée ».

# LA PETITE MÉLANIE

# LA PETITE MÉLANIE

Pour Bernadette, ma petite amie.

## I

La bergerette de Pic-Tordu n'a que dix ans;
mais elle montre déjà de la gentillesse et de
l'esprit tout plein. Quand elle consent à faire
marcher sa petite langue, ses réflexions sont
si fines, ses reparties si amusantes, qu'elle vous
met en joie.

Elle vient d'obtenir enfin ce qu'elle désirait
tant : la permission d'aller, ce soir, à la messe
de minuit, avec les servantes et les valets de
la ferme. Car, il faut le dire, maître Baslin
n'est pas toujours commode, sa femme non
plus; et s'ils accordent parfois une menue
faveur à quelqu'un de leurs gens, elle a été
dix fois méritée. C'est bien le cas pour la petite

Mélanie. Depuis le commencement des veillées, elle fut, chaque soir, la première en place pour tiller; et il fallait voir sa main preste casser et culbuter les chènevottes légères autour d'elle, pendant que le chanvre, accroché en chevelure blonde à son doigt, grossissait à vue d'œil! Voilà pourquoi, hier, maître Baslin lui rapporta du marché cette paire de jolis sabots de hêtre qui fait son bonheur et lui permettra, s'il plaît à Dieu, de se rendre décemment à l'église.

Malheureusement, la petite Mélanie a voulu tantôt essayer les sabots neufs. Une grosse motte de neige se trouvant à sa portée dans la cour, l'enfant eut l'idée, en sautant dessus, de l'écraser. Or, la motte était une pierre; elle résista au choc; le sabot de l'étourdie se fendit net. Quelle catastrophe! Mélanie s'en vint à cloche-pied jusqu'au seuil de la maison, le cœur battant, puis entra. Sa mine consternée, les débris qu'elle tenait en dirent long à maître Baslin qui se mît fort en colère.

— Heu! laissez donc, dit la fermière, le hasard se charge de punir comme il convient cette petite sotte; la messe de minuit n'est point faite pour elle; qu'elle garde le coin du feu, comme Cendrillon!

A ces paroles, qui d'un coup lui découvrirent toute l'étendue de son malheur, la pauvre jolie, incapable de contenir plus longtemps sa peine, se mit à sangloter.

Et lorsque, vers onze heures, servantes et valets, vêtus de leurs habits de fête, prirent le chemin blanc de neige qui mène au village, elle, la petite Mélanie, se dirigea du côté de la bergerie où, dans le coin le plus obscur, sa misérable couchette de paille l'attendait parmi les moutons endormis...

## II

Ah! depuis deux ans qu'elle était en service
à la ferme de Pic-Tordu, elle ne s'était pas
encore sentie si cruellement abandonnée de
tous. Parfois ses larmes cessaient de couler.
Soulevée à demi, elle tendait l'oreille, espérant
quand même, contre toute apparence de raison,
un secours imprévu, surnaturel, — un miracle
qui la transporterait jusqu'à l'église où le prêtre,
précisément à cette heure, célébrait les saints
mystères devant les fidèles assemblés. Vaine
attente. Autour d'elle, des bruits indistincts,
produits par les mouvements aveugles des bêtes
au repos, montaient du bercail noyé d'ombre;
et dehors, sous le bas déchiqueté de la vieille
porte, l'âpre bise d'hiver, comme une louve
hargneuse, mettait son mufle et reniflait en se
lamentant par intervalles.

Elle frissonnait de peur, pendant que ses

èvres balbutiantes murmuraient la prière du soir qui berce doucement les âmes en détresse, et le sommeil se posa sur ses yeux.

Elle eut un rêve... La caravane des Rois-Mages, telle qu'on la voit sur la grande verrière de l'église Saint-Maclou, se mit, comme par enchantement, à vivre, à se dérouler devant ses yeux. D'un côté, des gentilshommes aux bonnets de velours surmontés de papillettes diamantées, aux fraises en point de Gênes, aux sayes de drap d'or; — de l'autre, de grandes dames en verdugales de taffetas fourrées de genette noire d'Espagne, de martre de Calabre ou de zibeline, — s'étaient agenouillés, les mains jointes, pour voir couler l'éblouissant cortège.

Apparaissaient d'abord les serviteurs aux longues simarres de pourpre, portant les offrandes symboliques : or, encens et myrrhe. Les dromadaires aux riches caparaçons, les mules chargées de vases ciselés et de cassolettes précieuses d'où s'exhalait une odeur de suavité, venaient ensuite. Puis les Rois-Mages Gaspar, Melchior et Balthazar (la bergerette les reconnaissait bien) s'avançaient par rang d'âge,

le plus vénérable fermant la marche. Et leurs
manteaux, porfilés de soleil, traînaient derrière eux avec des bruissements de soie.

Au dôme céleste étincelait l'étoile-guide; et
dans l'espace, d'une sonorité cristalline, pal-
pitaient confusément les ailes des anges faisant
escorte.

— Que c'est beau! Mon Dieu, que c'est
beau! répétait Mélanie émerveillée.

Et, comme le roi Gaspard passait en ce moment, elle fit un pas et dit avec sa candide
douceur :

— Bonjour, mon seigneur! sans oublier de
faire sa plus jolie révérence. Oh! je voudrais
tant baiser le bas de votre robe!... Mais je n'ose :
son éclat m'éblouit les yeux...

— Une bergerette? dit le roi Gaspard, penché
vers son favori. N'est-ce pas cette petite Mélanie qui tantôt, dans la cour de maître Baslin,
à Pic-Tordu, cassa par étourderie son sabot
de hêtre?

— Oui, mon seigneur! avoua Mélanie, un
peu honteuse.

— Et tu vas ainsi, ma mignonne?...

— Du côté de Bethléem, là même où vous allez sans doute, seigneur. Bien que je sois brave et n'aie peur des loups, j'attendais votre passage, afin de ne pas m'égarer, car la nuit est sombre au loin. Laissez-moi donc vous suivre, seigneur : je serai votre petite servante. Et je tiens si peu de place! Vous pourriez me cacher en ce pli de votre manteau.

Le roi Gaspard sourit dans sa barbe noire semée de poudre bleue; et ses grands yeux de velours s'arrêtèrent avec douceur sur l'humble pastoure, désolée de le voir s'éloigner déjà vers la ville sainte, sans répondre...

Là-haut, des airs de flûtes rustiques tremblaient sur le faîte des collines, quand un chœur de voix humaines mêlées de frémissements de harpes monta par le chemin de la caravane. Et des groupes de musiciens enveloppés d'harmonie et de beaux pages blonds semant des roses se succédaient, quand le roi Melchior apparut. Confiante, la petite Mélanie renouvela sa prière.

— A votre diadème étoilé de béryls, à vos cheveux frisés comme copeaux d'or sur vos épaules, je vous reconnais bien, allez! pour vous avoir souvent contemplé dans l'abside de l'église Saint-Maclou. Emmenez-moi, cher seigneur, emmenez-moi! Si je vous embarrasse, vous pourrez m'oublier dans l'étable où saint Joseph, madame la Vierge Marie et le Sauveur vous attendent. Et je serai bien sage dans mon petit coin, entre l'âne et le bœuf qui sans doute ne sont pas méchants.

Le roi Melchior sourit dans sa barbe crêpelée. Sa dextre, dont les doigts étincelaient de bagues, se leva, puis s'abaissa vers le front de l'enfant et il dit :

— Petite Mélanie de la ferme de Pic-Tordu, je te bénis au nom du Père, au nom du Fils, au nom du Saint-Esprit!

Mais il ne s'arrêta pas non plus; et les yeux de la bergerette se remplirent de larmes...

— Mon Dieu, mon Dieu! que cette mignonne a donc gros chagrin! fit une voix caressante et grave. Que faut-il pour te consoler? Veux-tu venir en Bethléem? Veux-tu être ma fille?

Qui parlait de la sorte?... Le dernier des Rois-

Mages, le bon saint Balthazar. Un rayonnement s'échappait de toute sa personne. Très grand et très beau, il avançait à pas lents, un peu courbé sous le poids de la tiare et de la chape d'argent ponctuée de perles, comme d'astres une claire nuit d'été. Sa barbe auguste et magnifique descendait en lumineux flocons blancs sur sa poitrine jusqu'à la ceinture, ou bien flottait, comme écume éblouissante.

Devant tant de majesté, la bergerette de Pic-Tordu perdit tout à fait son assurance. Elle ne sut plus que joindre les mains, mettre genou en terre, aux pieds du roi.

Le roi se pencha vers elle avec amour et, l'ayant prise en ses bras, il baisa, pour les sé-cher, les jolis yeux tout mouillés de larmes, les joues innocentes et fraîches.

Et la petite Mélanie, enveloppée et blottie dans la barbe somptueuse, sous la caresse des lèvres royales, fut si heureuse, si profondément heureuse, qu'elle poussa un grand cri qui l'éveilla...

# III

Et la voici encore seule, toute seule sur la couchette de paille, dans le coin noir de la bergerie de Pic-Tordu, où les moutons de maître Baslin sont endormis.

Plus de trace de la merveilleuse caravane. Tout a disparu, tout s'est évanoui, — excepté l'étoile d'Orient qui scintille toujours là-haut et vient, par un trou du vieux toit de chaume, baigner doucement le front de la pauvre petite abandonnée.

— Oh! je l'atteindrai! dit l'enfant toujours pleine de son rêve.

Elle se lève; elle gagne à tâtons la porte de la bergerie et l'ouvre. Quel silence infini sur la campagne muette et blanche! L'étoile vacille, comme une lampe solitaire oubliée sur un tombeau... Soudain arrivent du fond de l'hori-

zon et par rafales joyeuses des carillons caril-
lonnants de cloches.

Les claires sonneries argentines la font
tressaillirent et l'appellent. Elle se recommande
à Dieu, puis elle s'avance bravement dans la
nuit pâle. Elle va, les mains jointes, les yeux
tendus vers l'étoile chérie qui maintenant monte
et lui sourit sur la pointe des peupliers...

Pauvre petite Mélanie!... Son frêle corps, glacé
par le froid, tout d'un coup s'est affaissé sur la
terre durcie, et de nouveaux flocons blancs lui
tissent un linceul, car son âme charmante s'en
est allée retrouver dans le ciel l'étoile blonde
et les beaux Rois-Mages.

# DÉRACINÉ

# DÉRACINÉ

## I

Nous débouchions à trois cents mètres au midi du village, sur la croupe de ce petit mamelon vignoble qui domine, comme une terrasse, la plaine de la Loire mollement allongée en tapis chatoyant sous nos yeux et bordée là-bas, au pied des collines nivernaises, par le beau fleuve royal faisant galon d'argent.

Il est si doux, ce tapis aux nuances dorées, que d'instinct j'ébauche le geste d'étendre la main devant moi, comme pour en caresser le somptueux velours.

Je dis à l'ami Célestin :

— Ah! ce cher pays de Cortz, que je retrouve après tant d'années, m'inonde le cœur d'une émotion délicieuse. J'ai envie de m'étendre là sur cette herbe jaune et pelée, au pied de ces

houx, et de m'amuser à pleurer, *coume in
p'tit gars*, sans savoir pourquoi; et si j'enten-
dais un menu trot venir du fond de cette combe
par le chemin, je me lèverais d'un bond, dans
l'espoir de voir apparaître au tournant la petite
bourrique grise, qu'on appelait la Tricoteuse, et
son patron le pé Gallet, celui-ci conduisant
celle-là... Hue, ma fille!

Tout à l'heure, quand ces deux bonnes
vieilles au chef branlant sont passées là, en
leur glissant à chacune la petite pièce blanche,
l'idée m'est venue de les interroger, puis je n'ai
plus osé, dans la crainte que mes questions ne
les effarouchent... Pourtant, contemporaines de
ma chère maman qui n'est plus, elles m'eussent
peut-être parlé d'elle!...

Oh! ce chemin de la Marichauderie que
j'ai suivi tant de fois quand j'allais à l'école, et
ce pauvre tronc d'orme creux, si décrépit, si
vermoulu, dans lequel je trouvais abri contre
les soudaines giboulées, et qui, la nuit, servait
de *gorle* aux chavoches!... Oh! ce champ
d'éteules où Gendron garda les oies... il va jusqu'à la pente raide qui descend au canal,

plantée de vignes aux raisins bleus que nous allions souvent picorer, vers cette époque-ci, comme des grives gourmandes!... Où sont-ils maintenant, tous nos copains du temps passé, tous les autres membres de nos conciliabules enfantins qui se faisaient régulièrement la veille de chaque maraude?

L'ami Célestin, n'ayant jamais quitté Cortz, riait de m'entendre évoquer ces gamineries que, pour sa part, il avait depuis longtemps oubliées.

— Tu ne me réponds pas? lui dis-je.

— Retrouver toute notre petite coterie d'autrefois ne serait pas facile, mon vieux. Simon Denizot, ton camarade de première communion, s'est établi à Corcelles, du côté de Marzy; François Cabonne, mort au service; Charles Morin travaille à Paris, dans la futaille...

— Et les fameux Canada?

— Heu! Ce monde-là, ça vole de pays en pays, comme les sauterelles, tant qu'il reste des récoltes à piller, et ça finit un jour sans qu'on sache où ni de quelle façon.

— Et Pierre Mâtin?

— Fermier dans les Amognes.

— Et Gilles Ramillon, qui *chapusait* si joliment avec la pointe de son « coutiau » des bâtons
de cornouiller?

— Il prit le métier du père, car c'était une
tradition de famille depuis Napoléon I<sup>er</sup>.
Rentré du service, il épousa la fille du vieux
Lulu et s'installa dans la petite menuiserie
héréditaire que tu connais bien, puisque c'est
là que nous allions choisir les plus soyeux des
copeaux frisés, dès que le pé Ramillon avait
joué de la varlope et du rabot. Le succès ne
se fit pas attendre. Gilles acquit une réputation
méritée, surtout en façonnant des meubles à
l'ancienne mode : coffres sculptés, dressoirs
à galeries, bonnes huches ou tables à pieds
tournés. Malheureusement, il fut emporté par
un chaud et froid, il y aura dix ans la veille de
la Saint-Martin prochaine. Son fils Hugues,
qui à cette époque n'avait pas encore communié, vient de faire « des siennes », comme on
dit. Tu l'apercevras sans doute, car il est
tombé ici, un soir du printemps dernier, au

moment où sa mère, sans nouvelles de lui depuis des mois, n'espérait plus guère le revoir. Mais il est dans un tel état, qu'il n'ira pas loin sans doute. C'est toute une histoire...

— Que tu vas me dire!

## II

— Mon vieux, continua l'ami Célestin, je ne
puis que répéter les renseignements, assez
vagues d'ailleurs, qui ont créance dans le pays.
Ils ont été arrachés par bribes à la mère de
l'enfant prodigue, lorsque sa douleur avait trop
besoin de crier. Au surplus, la Ramilloune elle-
même ignore apparemment, comme moi, le fin
mot de l'affaire. Quant à M. Hugues, il se
renferme dans un silence farouche, indifférent
aux marques de sympathie, qu'il semble ne
pas voir, et aux paroles indiscrètes, qu'il a l'air
de ne pas entendre...

Il avait une dizaine d'années à la mort
de son père Gilles. C'était le plus beau des enfants d'alentour. Même les dames du château
s'arrêtaient dans la rue pour le regarder. Et
doué, mon ami! Comprenant du premier coup,
n'oubliant rien. Avec ça, une voix d'une pureté

admirable. Le curé lui donna les premières
notions de musique et de chant. Quand il se
fit entendre pour la première fois à la grand'-
messe du jour de Pâques, tout le monde, bien
que ce fût au moment de l'élévation, se retourna... Ce suave *O salutaris* venait-il du jubé
de l'église ou du ciel?

Le petit Hugues, comme on l'appelait, fut
bientôt admis à la maîtrise de B\*\*\*, où il
resta plusieurs années, puis au Conservatoire
de musique à Paris, pour suivre les cours de
violon et apprendre entre temps l'art de la
composition. Il en sortit, l'été passé, avec féli-
citations du jury.

Tant que durèrent ses études, il vint régulièrement en vacances dans la première quinzaine d'août. Dès que les blés commençaient
à jaunir, le curé questionnait la mé Ramillon :

— Aurons-nous bientôt le petit artiste?

— Dame oui! répondait-elle en souriant
d'orgueil, je l'attends d'un jour à l'autre!

Il arrivait, en effet; et le lendemain, il faisait

13

visite aux amis, en commençant toujours par
notre pasteur qui, certes, en était fier.

— Veux-tu bien que je t'embrasse, mon
petit Hugues?

— Avec plaisir, mon bon maître!

Et le curé le serrait sur sa poitrine.


La fête de la Bonne-Dame n'était pas loin :
vite, vite à la besogne! Le prêtre amenait les
nouvelles recrues déjà dégrossies; et les bonnes
volontés, dirigées par M. Hugues, donnaient
avec un tel ensemble que, le 15 août, l'on était
prêt. Ah! toute la paroisse accourait aux
offices, ce jour-là, pour entendre les soli du
jeune violoniste et les chœurs à trois voix en
l'honneur de la Vierge! C'était un triomphe
pour M. Hugues, que les voisins nous enviaient.
De plus, sa simplicité et sa bonne grâce tout
à fait charmantes lui gagnaient tous les cœurs.
Causer avec les pauvres gens, voilà ce qu'il
recherchait surtout, pendant ses vacances.
Apercevait-il une bonne vieille, en coiffe
d'aïeule, occupée à filer devant sa porte? Il
s'approchait et demandait en riant : « Voulez-

vous que je m'asseye un brin auprès de vous?
Je serai « comme in p'tit gars ben sage » près
de sa mère-grand, et vous n'aurez pas besoin
de déranger votre quenouillette pour corriger
mes « agouantises ». En récompense, ne me
chanterez-vous point quelque chose... ancien
noël, berceuse ou légende — ce que vous vou-
drez — mais tout doux, tout doux, de façon
que je sois seul à l'entendre.

Et, par ainsi apprivoisée, la vénérable fileuse
de se mettre à dodeliner de la tête et à mur-
murer d'une voix chevrotante et lointaine un
air du temps passé, quelque complainte, celle-ci,
par exemple, que le petit artiste aimait tant :

> « Y avait là-haut dans la tour Ronde
> Une fille aux yeux blus floris,
> Si fine, si rose, si blonde...
> Que l'gent Dauphin Charle y fut pris.
>
> Et, son beau cœur ardant pour elle,
> Lui demanda : Quel est ton nom?
> La belle dit : Agnès Sourelle!
> — Veux-tu m'aimer? — Messire, non!
>
> La tour Ronde est ma demeurance,
> Les Anglais m'ont jetée ici.
> Mais si les boutiez hors de France,
> Je serais à votre merci ! »

Nous avions dépassé les premières maisons
de Cortz. Or, l'ami Célestin voulait me dire
la fin de l'histoire avant d'arriver en face de
son logis, qui n'était pas loin. Il ralentit le pas
afin de gagner du temps, je fis de même. Il
continua :

L'an dernier, le mois d'août se passa, et
M. Hugues ne parut point. On s'en inquiéta.
Harcelée de questions qui la mettaient au sup-
plice, la Ramilloune ne souriait plus. Elle répondait : Je ne sais rien... Il va venir. Il va
venir un peu plus tard sans doute, puisqu'il a
terminé ses études... Mais ses pauvres yeux
meurtris et brûlés par les larmes parlaient assez
pour elle. On n'osait l'interroger davantage.
Qu'est-il arrivé? Personne ne savait. Chaque
matin, la Ramilloune épiait le piéton, comptant
sur une lettre. « Rien aujourd'hui pour vous! »
Elle rentrait sans mot dire, fermait sa porte,
se laissait tomber sur une chaise et pleurait tout
son saoul. A peine pouvait-elle, la nuit venue,
se traîner jusqu'à son lit.

Dans l'espoir de la tirer d'angoisse, le curé
proposa de se rendre à Paris. Il y alla. Voici

ce qu'il apprit : M. Hugues avait quitté Paris depuis un mois avec une troupe d'artistes pour donner des concerts dans les principales villes d'Italie. Comme bien tu penses, ce renseignement ne rassura point la Ramilloune.

— Ah! si mon fils n'était déjà mort, il m'aurait écrit, gémissait-elle. D'abord, la pauvre affligée ne sortait pas de là. Mais à force de raison (car c'est une femme de sens) elle devina presque la vérité, avec cette intuition qu'ont souvent les mères. — Et si c'était une *gourgandine* qui me l'ait perdu... Quand même... il ne reviendra jamais plus!

Il revint pourtant. Par une nuit d'avril, un cabriolet de louage s'arrêta devant la porte. M. Hugues en descendit, mais si faible, mais si pâle, que sa mère eut peine à le reconnaître.

— C'est toi! C'est toi! s'écria-t-elle. Il la supplia du regard. — Ne demande rien maintenant : plus tard... je te dirai!... Et, comme autrefois, quand il était tout petit, elle l'aida à se coucher. Puis elle s'assit à son chevet. De temps en temps M. Hugues lui prenait la main qu'il

gardait en caresse contre sa joue ou baisait sans
mot dire.

— Repose un brin, murmurait-elle en rete-
nant les sanglots qui lui montaient à la gorge :
c'est du bon sommeil qu'il te faut surtout.

Mais, hélas! pas de bon sommeil réparateur!
Au jour naissant, une forte fièvre se déclara.
Penchée sur son fils, la Ramilloune l'entendit
prononcer des paroles incohérentes. Elle cons-
tata bientôt qu'il avait perdu toute sa connaissance. La Micheline s'offrit d'aller à Jouet
quérir le docteur. Celui-ci, après avoir longue-
ment examiné le malade, eut une moue signi-
ficative : le cas était fort grave. Domptant sa
douleur avec une énergie admirable, la Ramilloune se voua corps et âme au salut de son fils.
Tant qu'il fut entre la vie et la mort, elle ne le
quitta point. Un jour cependant on vint lui dire
qu'une jeune dame, descendue depuis la veille à
l'hôtel Once, demandait à le voir. Elle s'y
rendit. Après avoir écouté l'inconnue qui
pleurait, la Ramilloune la congédia fort rude-
ment, à la paysanne.

— Je dois éviter à mon enfant toute cause

d'émotion... Allez-vous-en! Allez-vous-en!

Et, lui tournant le dos, elle rentra à la menuiserie reprendre sa garde...


M. Hugues est maintenant en convalescence,
mais combien différent de lui-même! Il est
maigre, décharné, à faire peur. On suppose
qu'une mauvaise langue l'a sournoisement
instruit de ce qui s'est passé entre la Ramilloune
et l'inconnue, car il ne sort plus de sa tristesse.
Lui — jadis d'une nature si ouverte, si affec-
tueuse — reste à présent bouche cousue, quand
on lui parle; il tressaille et vous fixe d'un regard
qui ne comprend pas, d'où l'âme est absente.
Quel malheur!

Souvent, l'après-midi, il va se promener dans
les bois de Glaisne. On le surveille avec beaucoup
de précautions, car il est soupçonneux, et il ne
rentre qu'à jour failli. Il pourra *traîner* quelque
temps, mais je ne crois pas qu'il en réchappe...

J'étais profondément ému.

— Ah! si tu pouvais, mon cher Célestin, si
tu pouvais me ménager une entrevue!

— La chose n'est guère facile, en vérité :

M. Hugues ne veut voir personne et sa mère
reste à peu près aussi fermée que lui.

— Mon ancienne amitié pour Gilles n'a pas
chance de les attendrir?

— Ecoute, reprit Célestin après un court silence, je tenterai la démarche; mais si j'échoue..,

— Essaye, je t'en prie!


Le lendemain, la Ramilloune me fit savoir
par Célestin que ma visite serait bien accueillie
et de son fils et d'elle.

Vers quatre heures de l'après-midi, je me
présentai à la menuiserie.

— Monsieur, fit-elle presque à voix basse, je
vous remercie d'être venu. Je ne dirai point
que je me rappelle vos traits : j'étais une enfant
quand vous avez quitté le pays; mais que de fois
*défunt mon pauvre Gilles* m'a parlé de vous! Ah!
ces années de bonheur sont si loin! Parfois
j'hésite à croire que c'est moi qui les ai vécues.
Cependant je suis touchée de la démarche que
vous faites aujourd'hui près du fils en souvenir
du père. Il en aura plaisir. Maintenant il est
assoupi dans son fauteuil... Pas pour longtemps,

bonnegent! ajouta-t-elle en secouant douloureusement la tête.

J'allais répondre, lorsque la porte de la chambre s'ouvrant, M. Hugues apparut. Il était grand et frêle, comme une plante poussée trop vite; et son corps, fort maigre, flottait en ses vêtements de velours noir. Le masque pâle de sa figure ressortait sur le fond sombre de la chambre. Avec ses longs cheveux rejetés en crinière, sa barbe rare et flave, ses beaux yeux mélancoliques enfoncés sous de fins sourcils clairs, il faisait songer à ces jeunes hommes languissants dont le visage énigmatique se détache de certains tableaux anciens et semble vous regarder.

— Voyez, madame, dis-je à la Ramilloune, votre cher fils nous entendant jaser, veut faire comme nous... Monsieur Hugues, — ajoutai-je en m'avançant vers le jeune homme, — je suis un vieil ami de votre père... voilà pourquoi j'ai demandé à vous serrer la main. Vous ignorez mon nom peut-être; mais je vous connais bien, moi, et depuis beau temps, Célestin m'ayant maintes fois dans ses lettres parlé de vous. Il me semble que je vous retrouve après une longue absence. Au fait, mon cher artiste, pourquoi ne pas s'embrasser quand on se retrouve et que le cœur parle?

— C'est vrai! fit-il timidement.

Et nous nous embrassâmes.

— Chaque jour vous faites, paraît-il une promenade aux alentours. Vous avez raison. L'air du pays est infiniment doux aux « déracinés » comme vous et moi... Ah! si l'idée qui me vient pouvait vous agréer!... Quoi qu'il en soit, la voici : je rentre à Paris dans trois jours. D'ici là, me voulez-vous pour compagnon dans vos sorties quotidiennes? Il y a longtemps que je désirais revoir ma terre natale pour me retremper en mes plus chers souvenirs; mais on n'est plus maître de soi, dès que la vie nous a pris dans son engrenage. Heureusement, la mémoire, qui garde le secret de nos meilleures émotions, reste jeune et fidèle. C'est ainsi que la mienne vous réserve plus d'une surprise. Je vous dirai d'avance : là-bas, ce pli du sol cache une fontaine à cresson où viennent boire les bergeronnettes, et elle riaule sur son lit de gravier, et,

s'échappant sous le chemin, entre les mousses
et les pierres, se faufile jusqu'au fond du val...
Est-ce que le vieux griottier, tout blanc de
fleurs en avril, tout rouge de fruits en juillet et
qu'autrefois j'ai souvent mis à contribution, à
l'angle du bois des Charmes, existe encore?...
En prenant cette sente qui contourne la hauteur,
nous devons déboucher à mi-côte, près d'un
bouquet de grands pins, d'où l'on découvre le
joli val du riau de Saint-Gris, bordé en face
par un tronçon de route blanche qui frôle tour
à tour la cabane des Morvandiaux, la maison
de la mé Fanchette, le pan coupé du pavillon
du garde, la « pêcherie » aux nénuphars qu'om-
bragent saules et grands peupliers, et se coule
dans la direction du Chautay serrée par deux
collines, comme une couleuvre par les parois
d'un ravin... Eh bien! voulez-vous me mettre
à l'épreuve soit demain, soit après?

— Et pourquoi pas à présent? dit le jeune
homme, un sourire aux lèvres... car, ajouta-t-il,
une première épreuve peut vous être favorable,
mais la seconde... êtes-vous sûr d'en triompher
aussi facilement?

— Voilà qui s'appelle une gente surprise! Je ne suis pas homme à me dérober. En route donc! Maman Ramillon n'aura qu'à dire un mot à Célestin pour qu'il vienne en cabriolet à notre rencontre. Son bidet trotte bien; nous serons de retour à la nuit tombante. Mais où allons-nous?

— Du côté de Glaisne, vers les grands bois!

## III

M. Hugues prit son large chapeau de paille,
son bâton de cornouiller — et nous sortîmes.
Comme nous contournions la Chaume-Chausson,
au bas de laquelle s'amorce le chemin de Glaisne,
je vis la Ramilloune, restée jusque-là devant sa
porte à nous suivre des yeux, rentrer brusquement, afin sans doute de cacher sa joie.

Le ciel était d'une pureté admirable; et juste
en face de nous, le soleil s'inclinait vers la cime
des grands bois, éblouissant nénuphar au bord
d'un lac merveilleux d'azur et d'or. Balayant
le chemin allongé devant nous, une petite brise,
venue du plateau, tempérait la chaleur estivale
de cette fin de jour.

Quelques minutes de marche, et nous étions
sur la hauteur. A gauche, des cultures en pente,
une haute futaie cachant le domaine de la Gastonnerie, le lointain pignon de la Minatte

pointant là-bas entre des ormes, le vaste champ
des Boulaises qui s'affaisse jusqu'au pré de
l'Étang... mais, devant soi et sur la droite, on
ne voit guère que la forêt dont les majestueuses
frondaisons couronnent la chaîne presque inin-
terrompue des collines, depuis Neuvy-le-Barrois
jusqu'au pays de Sancerre, occupant ainsi une
surface d'environ vingt-cinq mille hectares.

Nous franchissons la lisière. Le château de
Glaisne n'est pas loin d'ici. On ne le voit pas,
car il est masqué par des chênaies et des sapi-
nières que le chemin contourne avant d'y
arriver; mais on devine son voisinage à la
chaussée mieux empierrée, au gazon des accotements soigneusement entretenus, aux haies
bien taillées, aux belles allées régulières et
sablées qui s'ouvrent en hautes nefs dans l'épais-
seur des feuillages. Prenant la première sur la
gauche, nous atteignons bientôt un rond-point
où joue un suprême rayon de soleil.

— Oh! l'endroit propice aux rêveries! dis-je
à mon compagnon.

— J'y viens souvent, car je l'aime! fit-il.

Nous nous assîmes sur un vieux banc de bois

tout gercé, tout vermoulu, abandonné là, sous les branches. Ni chant d'oiseau, ni bruit de feuilles. Une odeur pénétrante de mousse humide, de bruyère fleurie et d'écorce montait du sol. Autour de nous, les fûts des grands arbres semblaient plantés dans l'ombre et le silence. Nous nous taisions, émus tous deux par le charme apaisant, mystérieux, de cette solitude.

Immobile, les yeux mi-clos, M. Hugues paraissait maintenant absorbé dans une rêverie profonde. Cependant je commençais à m'inquiéter, je l'avoue. Comme celui qui souffre d'une maladie morale est sujet aux sautes d'humeur les plus inattendues et les plus bizarres, je me disais, perplexe : « Un geste, un mot de moi ne va-t-il pas réveiller brusquement la susceptibilité ombrageuse de mon compagnon et compromettre ainsi la confiante amitié qu'il paraît m'avoir témoignée jusqu'ici? » Et les paroles affectueuses qui me venaient aux lèvres, j'hésitais à les formuler.

Néanmoins je lui touchai l'épaule.

— Eh bien! eh bien, mon ami! fis-je d'une voix caressante.

Il eut un léger tressaillement, leva la tête et me répondit avec un sourire :

— Oui, vous êtes là... Merci!

Et je pris doucement sa main entre les miennes.

— Pardonnez-moi! continua-t-il d'une voix triste, un peu timide, j'étais *encore parti*... j'ai tant souffert, voyez-vous! Ma tête est lourde; mes idées se heurtent et s'entre-choquent, comme des épaves sur la crête d'une vague tumultueuse. Et mon cœur étouffe. Quand je m'éveille, je suis parfois si las, si accablé, que j'essaye de me replonger dans le noir sommeil, pour oublier... J'avais espéré que l'air du pays natal rafraîchirait mon front et que j'allais guérir. Hélas! mon pays n'a plus sur moi ses sereines influences. Jamais je n'aurais dû quitter Cortz; j'y serais devenu, comme mon père, un bon maître huchier. Je ne suis qu'un déraciné. Or, toutes les plantes arrachées meurent : le sol nourricier est indispensable au développement de leur vie normale.

— Toutes?... Croyez-vous, mon ami!

— Ecoutez! dit-il, sans répondre à ma question. Mais il resta muet, la gorge serrée, le cœur palpitant. Puis soudain il se mit à parler d'une voix d'halluciné; et, par moments, sur ses lèvres les mots se pressaient en tumulte, fiévreux, haletants, comme dans une incantation.

—Un nom fait de lumière aurorale et de musique lointaine : Lucie Perle...

Tôt ou tard, dans la vie de chacun de nous apparaît une femme. Ses bras ont, en s'ouvrant, des grâces de statue; son regard, noir ou bleu, nous fascine; sa voix de sirène doucement nous invite... Elle offre à nos baisers ses lèvres décevantes... Malheur à nous!... Malheur!

.   .   .   .   .   .   .   .   .   .   .   .   .   .   .

C'était grande soirée chez la princesse de B***, à Paris. Sous le grand lustre d'or aux branches recourbées fleuries d'étoiles et les girandoles de cristal à facettes, fixées de distance en distance autour de l'hémicycle, la salle éblouissait comme une féerie. Dans le fond, entre les girandoles, des plantes exotiques dressaient leurs belles palmes vertes. Par les larges portes latérales, la foule joyeuse et bruissante des invités se répandait en deux flots

14

jumeaux sur les gradins, le long des fauteuils
de velours rouge cloutés d'or, et peu à peu se
calmait, chacun prenant sa place. Et c'était
le triomphe de la beauté dans un splendide four-
millement de toilettes de gala, avec des ai-
grettes diamantées, des diadèmes, des solitaires,
des pendants d'oreilles, des bracelets et des
regards croisant leurs feux, et des chevelures
brunes ou blondes piquées de roses, et des
épaules nacrées, et des gorges superbes, et çà
et là des éventails pailletés battant déjà de
l'aile, comme des oiseaux captifs, entre des
doigts tout scintillants de bagues...

Soudain, murmures et mouvements s'arrêtèrent : les trois coups venaient de retentir.
L'orchestre joua quelque prélude et le rideau se
leva. En coiffe norvégienne et robe blanche,
assise sur un escabeau, une jeune fille était là,
filant la quenouille, pendant qu'une harpe invisible égrenait doucement des notes en sourdine. Elle était adorable de candeur virginale et
de beauté. Elle ne leva pas les yeux, tout ab-
sorbée en son rêve... Je vois encore sur ses joues
pâles l'ombre des longs cils baissés! Soudain

mon cœur éperdu se mit à battre à grands
coups sourds dans ma poitrine... Ah! j'aurais
donné ma vie pour que le regard voilé par ces
paupières se levât tout à coup, mystérieuse
étoile, jusqu'à moi!... Mais le lin blond tiré de
la quenouillée s'allongeait toujours sous les
doigts agiles et venait s'enrouler au silencieux
fuseau qui virait, pendant que les vibrations de
la harpe se faisaient de plus en plus lointaines.
Et les derniers accords, qui semblaient si bien
bercer sa pensée, allaient s'éteindre, quand la
fileuse eut un brusque tressaillement, — et le
fuseau vint choir sur ses genoux, doucement,
comme pour y mourir. Et le regard que j'es-
pérais avec angoisse monta vers le ciel; et une
voix pure, trempée d'une indicible émotion,
commença la célèbre chanson de Grieg :

> L'hiver peut s'enfuir, le printemps bien-aimé
> Peut s'écouler...

Cette chanson est, d'elle-même, assez ba-
nale; mais chantée par une âme, elle éveilla
tous les cœurs, et d'unanimes applaudissements
éclatèrent. Lucie était, la veille encore, tout à

fait inconnue : ce soir-là eut lieu le sacre de sa jeune gloire.

Quand vint mon tour de la complimenter, elle se pencha avec une grâce mutine, en murmurant la phrase :

Je t'ai donné mon cœur plein de fidélité :
Il ne saurait changer!

... Elle voulut être de notre troupe qui partit deux jours plus tard pour l'Italie. Notre premier concert eut lieu à Florence. Elle y remporta par son talent et par sa beauté un succès étourdissant... Oh! les heures d'amour et de joie ardente si vite envolées!... Oh! les rêveries d'ineffable douceur, quand, accoudés à la balustrade de notre terrasse, nous contemplions une partie de la ville merveilleuse étalée devant nous et que soudain l'*Ave Maria* s'élançait en claires sonneries de tous les campaniles environnants au moment où naissaient les premières étoiles!... De mystérieux frissons passaient sur les beaux jardins embaumés ornés de statues et de fontaines et dont les grands arbres mélancoliques se penchaient le long du chemin

qui s'allait perdre du côté des lointaines collines
bleues...

Puis nous nous rendions à la salle des fêtes,
qui n'était pas loin, car plusieurs concerts suc-
cédèrent au premier; et, chaque fois, c'était
pour Lucie un nouveau triomphe. Au retour,
quelle ivresse! Ses yeux se fermaient languis-
samment au murmure de mes lèvres heureuses.
Sa chevelure magnifique m'enveloppait de ses
ténèbres comme à présent le grand deuil qui me
vient d'elle...

M. Hugues se tut un instant, faisant effort
pour rassembler ses souvenirs; mais à voir son
regard de supplicié, je devinai combien ce qui
me restait à apprendre serait douloureux pour
lui.

Or, un soir, continua-t-il, elle souffrait d'un
malaise; et je dus, la mort dans le cœur, me
rendre seul au dernier concert. Ah! jamais
violon ne se fit mieux que le mien, ce soir-là, le
vibrant interprète de la souffrance humaine!
Je revins en toute hâte prendre des nouvelles
de Lucie. Un filet de lumière passait sous la

porte. Aucun bruit. Etait-elle assoupie? J'entrai
doucement, sans frapper. Aussitôt un flot de
nuit submergea la chambre; mais j'avais eu le
temps de constater qu'elle n'était pas seule.
D'un geste tragique, j'arrachai mon violon de
sa gaine et le jetai de toutes mes forces contre le
mur où il se fracassa. Et je m'enfuis, affolé de
fureur et de désespoir.

— Oh! mon pauvre ami... quelle affreuse
épreuve, en effet!

Nous nous levâmes. Les cimes des grands
chênes, encore touchées lors de notre arrivée
par les rayons du soleil, étaient à présent tout
à fait éteintes, et l'ombre subtile du crépuscule
d'été commençait à monter dans les bois. Mais
la lune sereine s'était levée. Glissant par les
échancrures des feuillages assombris, sa lumière faisait sur le sable de l'allée des taches
claires, comme des pétales de rose blonde ef-
feuillés devant nous par le vent du soir.

— Ecoutez! fit en s'arrêtant soudain mon
infortuné compagnon... Lucie est venue me
chercher jusqu'ici pour me rendre mon âme

qu'elle a gardée depuis l'infâme trahison. Qui me l'a dit? Je ne sais plus; mais elle est venue... Eh! ne voyez-vous point là, sur le sable, devant nous, la trace de ses pas? Tôt ou tard, dans la vie de chacun de nous apparaît une femme... Elle offre à nos baisers ses lèvres décevantes. Emmenez-moi! Emmenez-moi!...

Et, s'accrochant désespérément à mon bras, il se prit à sangloter dans l'ombre.

EN GARDANT LES BÊTES

# EN GARDANT LES BÊTES

A Mlle Berthe.

— Thérèse est là?

— Nenni. Elle est au champ, sauf vot' respect. Vous la trouverez sur le communal voisin,
du côté du Ch'tit-Domaine, avec la brebis-nourricière et son ignelle Blanche, la bique de la
cure et le chien Brisquet.

— On m'a dit qu'elle fait à ses bêtes de menus
contes jolis comme elle... De qui les a-t-elle
appris? De vous sans doute, maman Guite. Ne
pourriez-vous m'en répéter quelques-uns?

— En vérité, je ne les connais point. Ce
qu'elle débite, ma gente Thérèse, elle le prend
sous son bonnet. La brebis-nourricière, l'ignelle
Blanche, la bique de la cure et le chien Brisquet
font tour à tour l'objet de ses babillages. Elle
parle d'abondance; les bêtes l'écoutent et com-

prennent ses propos innocents; mais devant le
monde elle se trouble, elle rougit, elle ne sait
plus trouver sa langue. Tâchez donc de l'approcher sans qu'elle vous voie : c'est le meilleur
moyen de l'entendre à votre aise.

Pour répondre à ma question : Thérèse est là?
la vieille Guite a levé ses yeux fanés vers le chemin d'où j'arrive; et son visage, triste et résigné d'habitude, s'éclaire d'un sourire. Elle est
si fière de sa petite-fille restée toute seule,
comme un lis, dans le pauvre champ de sa vie
tant de fois ravagé par la Mort! En ces beaux
après-midi de juin, elle aime s'asseoir devant sa
porte pour suivre l'écheveau de ses songeries
mélancoliques et piquer, à l'occasion, un petit
sommé. Le soleil tourne peu à peu, et l'ombre
faite par la pointe du pignon s'allonge aux
pieds de l'aïeule. Un souffle tiède, venu des
prairies, remue les feuilles vert tendre de la
treille du coin, qui grimpe hardiment sur la
masure dont elle festonne le toit de chaume
rapiéceté comme une antique limousine.

La mère Guite est très cassée et branle du

menton; mais elle a toujours, en dépit de son
grand âge, oreille fine et bon œil. Malheureusement, la voilà sans forces, incapable de gagner
sa vie, elle qui jadis fut si dure à la peine. Elle
ne sait plus même filer une quenouillée. Ses
pauvres doigts tremblent trop. Néanmoins, on
ne l'abandonne pas : de bonnes âmes lui viennent en aide. Sa voisine lui fait son ménage
chaque matin; et la brave petite Thérèse, qui
n'a pas encore communié, entoure son aïeule
d'une tendresse avertie et touchante.

Je quitte la grand'mère pour aller voir la
fillette et, si je puis, l'entendre jaser. Je la découvre de loin sur le communal. Elle est assise
dans l'herbe, près de la fontaine, qui jaillit du
sol entre des pierres moussues et forme un bassin planté d'iris. Autour d'elle, la brebis-nourricière et la bique tondent l'herbe; non loin,
veille le chien Brisquet; mais où donc se trouve
l'ignelle blanche dont la vieille Guite a parlé?
A la faveur d'une haie propice, j'approche
pour mieux observer. Brisquet m'inquiète : ses
oreilles pointues, des oreilles de loup, et ses
yeux jaunes, fixés de mon côté, me sont hostiles;

il a sans doute flairé ma présence. S'il donne
l'éveil, mon affaire se gâte.

Fausse alerte. Il est rassuré. Il allonge son
museau sur ses pattes de devant et clignote;
c'est l'heure de sa sieste. Il me rappelle ces vieux
sous-offs au redoutable coup de gueule et dont
on endort parfois la vigilance avec tant de faci-
lité. Tout à l'heure, avec sa longue moustache
tombante, son regard soupçonneux, Brisquet
en avait la physionomie soucieuse et bourrue.

Maintenant je suis à dix pas de Thérèse. Elle
a des yeux candides et bleus, des joues rouges
comme deux pommes d'api et des cheveux
couleur de blé mûr sous son grossier chapeau
de paille. Elle est délicieuse. Je puis l'examiner
à mon aise. Elle tricote avec une aisance de
petite femme. Ses aiguilles claires se croisent
sous ses agiles doigts, vite, vite. J'aperçois
l'ignelle couchée sur le bas de son jupon gris.
Parfois Thérèse lève son petit nez vers l'azur
intense du ciel où passe l'ombre légère d'un
nuage, le vol d'un papillon, un bourdonnement
d'abeille, un son perdu de clairin. Elle possède un
esprit délié pour son âge, une imagination naïve,

un cœur tendre, une âme mystique : elle pose son bas de laine et je l'entends dire à son ignelle :

— Oh! que tu es sage, ma gente, ma petite compagnie! et qu'elle est blanche, ta toison frisée! Matin et soir, tu prends un bain dans la fontaine, car l'eau purifie. D'abord, cela te saisit et tu t'effares; tu trembles, comme une feuille au vent; mais ton émoi s'apaise à mesure que ma main passe en caresse sur ta laine douce. A ton *mê* plaintif succède un cri de joie, quand tu bondis au soleil pour sécher ta robe; puis tu cours au pis de ta nourrice, petite goulue; puis tu me reviens en des gambades folles qui me font rire... Elle n'est plus seule, ta maîtresse, quand tu l'écoutes. Tu l'aimes un brin, dis voir! et si tu ne réponds pas à ses paroles, tu n'en penses pas moins, assurément. Eh mon Dieu! tu es si mignonne quand le sommeil te gagne!... Oh! je ne lui fais pas signe; mais pourtant, dès qu'il approche, ne voulant point l'effaroucher, je baisse le ton, et mes câlineries se confondent avec le murmure de la source claire qui chuchote entre les iris et berce ton repos. Moi, pendant ce temps-là, vois-tu bien, il faut que je travaille dur, que mes aiguilles trottent, se faufilent dans les mailles, que mon bras avance... Que donner à grand'mère, s'il n'est fini pour la sainte Marguerite? Toi, tu n'as point de pareils soucis. Tant mieux. Il fait bon. Dors donc en paix. Le loup n'osera venir : Brisquet veille...

Thérèse reprend bravement son tricotage et se tait; puis, s'apercevant que l'ignelle ne dort pas encore, elle continue :

—Ah! si Notre-Seigneur revenait sur la terre et qu'il passât par ici, il t'appellerait à lui, bien sûr, — car il est le Bon Pasteur, il connaît ses brebis et ses brebis le connaissent... il donne sa vie pour ses brebis. Et je lui dirais : « Seigneur, prenez donc mon ignelle Blanche sur vos épaules et l'emportez. Et comme il est doux de suivre ceux qu'on aime, je vous suivrai jusqu'aux bons pâturages de la Vie éternelle. Pourtant, ici-bas, sous le soleil de printemps, les collines sentent le thym et le miel, les bois sont frais, les sources chantantes, les papillons fleuris, doux les jeux et la musique des abeilles blondes... »

Thérèse un instant reste rêveuse. Les pattes

repliées sous elle et le col tendu, sa petite favo-
rite ne l'écoute plus, car elle est assoupie à présent. Thérèse l'admire, heureuse, ravie, quand
brusquement un scrupule se lève en son esprit.
Elle l'exprime tout haut, comme les bergerettes
berriaudes, en gardant les bêtes, font parfois
pour tromper leur solitude :

— Mais j'y pense... si Blanche et moi nous par
tions ainsi, par un beau soir, que deviendraient la
brebis-nourricière et la bique de M. le curé? Naturellement Brisquet les conduirait chez mère-
grand; et maman Guite, rien qu'à voir sa figure
consternée de nous avoir perdues, n'aurait pas le
courage de lui administrer une correction; cependant comprendrait-elle que nous l'avons de-
vancée pour lui préparer sa place en la demeure
du Père commun qui est dans les Cieux?...

Pendant que je m'amusais à ces enfantillages,
Brisquet, qui ne dormait que d'un œil, fut plus
d'une fois tenté de jeter un cri d'alarme; mais
comme je sus garder ma distance, il voulut bien
tout de même ne rien dire, puisque je n'avais
pas troublé la parlerie de sa petite maîtresse.

15

# REVENANTS, GAROUS

## ET SORCIERS

# REVENANTS, GAROUS

## ET SORCIERS

A ma chère marraine.

Même dans la région de Cortz, on ne pratique plus guère aujourd'hui l'ancienne et charmante coutume qu'avaient nos pères de se réunir entre voisins pour passer les veillées d'hiver *ensemblement*. C'est dommage, car chaque invité aimait ces petites soirées intimes de parentage où se manifestaient vraiment la vie et l'âme du pays. Les bons conteurs y étaient naturellement choyés; ils ne regimbaient point, au moment de payer leur écot.

Les revenants, les loups-garous et les sorciers faisaient, en général, l'objet de ces récits, — CEUX DE CHEZ NOUS étant restés superstitieux presque autant et de la même manière que les Bretons.

Et, je le dirai en passant, ce n'est point là le seul caractère moral commun aux autochtones de la vieille Armorique et aux habitants du centre de la France (Morvan ou Montagne-Noire). Ici et là, les indigènes sont restés de pur sang gaulois; et, sous le nom de sorcellerie, nombre de rites druidiques s'y pratiquent encore. Même au point de vue de la configuration du sol, il existe entre les deux régions d'étranges ressemblances. Le Morvan, avec ses forêts de chênes, ses terres maigres, ses montagnes, ses roches granitiques, ses ravins où chantent des sources claires et ses landes d'ajoncs épineux, de bruyères et de genêts, — qu'est-ce autre chose qu'une Bretagne sans la mer?

Plusieurs contes de veillée, entendus lorsque j'étais enfant, me sont restés dans la mémoire, et je vais vous en dire quelques-uns.

# I

## UN EXORCISME A DOMPIERRE

Dompierre est un domaine situé entre le canal et le chemin du Poids-de-Fer, au nord de Cortz dont il est éloigné d'environ un quart de lieue.

D'aussi loin que je me souvienne, les fermiers s'y succèdent de père en fils. Cela prouve qu'ils s'en trouvent bien. Et, de surcroît, le propriétaire aussi : d'abord, l'argent du fermage tombe dans son coffre à date fixe; ensuite, ses bonnes terres, travaillées par des mains courageuses et fidèles, rendent tout ce qu'elles peuvent, c'est-à-dire beaucoup, — car elles s'amendent d'année en année.

Or, depuis un certain temps (on était alors au commencement de décembre), il y avait « quelque chose » au domaine de Dompierre. Chaque soir, quand domestiques et servantes, la veillée finie, avaient regagné leurs nids pour dormir, maître Tanadet, au lieu de faire comme eux, restait tout pensif assis au coin du foyer, la joue dans la paume, ou bien remuait distraite- ment, avec les pincettes claires, la cendre et la braise croulante. Cela n'était point du goût de sa femme, obligée par ainsi de se glisser la pre- mière entre les draps glacés et de faire l'office de bassinoire (on n'allumait presque jamais de feu dans la chambre). Cependant, comme elle était d'humeur plutôt conciliante, une fois, deux fois, trois fois, elle se résigna; mais le récent ca- price de son mari, menaçant de devenir par sa persistance une mauvaise habitude, elle voulut en avoir le cœur net et demanda des explications.

— Dites-moi donc un peu, monsieur Tanadet, dites-moi donc enfin pourquoi il vous convient, depuis la Sainte-Catherine, de rester seul et si tard à rêvasser, le nez dans la cendre... Autrefois vous étiez plus galant, monsieur Tanadet : notre monde retiré et nos enfants endormis, vous vous hâtiez de me devancer au lit, pour y réchauffer ma place et me cueillir ensuite toute frisson- nante dans vos bras...

Maître Tanadet répondit d'un air grave :

— Ma femme, il se passe ici — depuis la Sainte-Catherine — des faits dont je cherche vainement à m'expliquer la cause. Prends donc patience : le tout s'éclaircira bientôt, s'il plaît à Dieu, mais le moment n'est pas encore venu de t'en parler.

— Voyons, qu'y a-t-il? demanda-t-elle avec brusquerie. Et ses yeux se plantèrent dans les yeux de son mari.

Puis, d'un ton d'autorité :

— Assieds-toi et parle. J'ai le droit de savoir!

Cette mise en demeure embarrassa visiblement le brave homme. Il s'assit, à moitié vaincu, fit une petite moue, toussota, tira son mouchoir, afin de gagner du temps. Décidée à le pousser à bout, Mme Tanadet prit tranquillement une chaise et vint se camper en face de lui.

— Parle! répéta-t-elle.

— Bondla! que les femmes sont embêtantes, lorsque la curiosité les asticote! fit-il, impatienté. Mais la fermière tenait bon; il céda.

— Eh bien! le soir de ta dernière migraine,

après avoir congédié nos gens, j'étais resté seul à la cuisine, pendant quelques minutes, pour finir de fumer une pipe. L'horloge venait de sonner onze heures. Dehors, la bise se lamentait, comme une âme en peine; et Bas-Rouge, si tranquille d'ordinaire, tirait sur sa chaîne, jetant un coup de gueule, de loin en loin, dans la nuit. L'idée me vint de sortir en criant : « A la niche! » mais tirer la corillette, ouvrir la porte, marcher avec des sabots ferrés sur le pavé raboteux de la cour et parler haut, c'eût été du coup interrompre ton bon sommeil qui avait été si dur à venir. Je reste donc coi, les pieds sur les chenets, je bourre ma pipe et m'apprête à l'allumer, quand trois grands coups sourds, suivis d'un crissement de griffes rapides sur les planches retentissent dans le grenier. Quelle surprise! Vite je saisis la lampe, je quitte mes sabots pour éviter le bruit sur l'escalier de bois, et, en quatre enjambées, me voici dans le grenier. Je fais ma ronde : rien ne bouge, les deux lucarnes sont bien closes. Je redescends, me demandant si je n'ai point rêvé... Hé! hé! non, je n'ai point rêvé, car depuis, à la même heure,

le même bruit revient, chaque soir, sans que je
sois encore parvenu à me l'expliquer.

— Si l'on nous avait jeté un sort! hasarda la
fermière, hantée de craintes.

— Heu! je ne crois pas, dit Tanadet qui voulait tranquilliser sa femme. Et il ajouta : Nous
n'avons, que je sache, aucun ennemi dans le
pays, dis voir?

— Qui le sait, mon ami?... Les loges du Poids-
de-Fer ne sont pas loin; elles abritent presque
autant de charbonniers morvandiaux que de
puces, et cette engeance s'accointe volontiers
du diable. D'ailleurs, nous sommes à l'époque
de l'année où les maléfices sont le plus redoutables. En outre, plusieurs roulottes de bohémiens stationnent depuis des semaines entre
Marseille-les-Aubigny et Saint-Loup-sur-Au-
bois, sans que le maire parvienne à les faire dé-
guerpir. Le jour, ça mendie de ferme en ferme;
et la nuit, ça vole nos volailles dans les pou-
laillers ou ça arrache nos raves dans les
champs.

— Les *guenillous* venus jusqu'ici n'ont pas
été rebutés, au moins?

— Non, vraiment. Ils ont reçu, chaque fois, large tranche de pain bis.

Maître Tanadet poussa un soupir de soulagement... D'ordinaire, le mot guenillous (miséreux en guenilles) désigne tous les gens, courandiers et bohémiens de passage, qui vivent d'aumônes sur un pays; mais, en l'employant, le fermier de Dompierre pensait surtout aux plus dangereux, — à ces nomades étranges sortis on ne sait d'où et qui promènent sans fin sur toutes les routes du monde, en des bombardes de mauvaise mine, leur fainéantise et leurs méfaits.

— Enfin! dit maître Tanadet pour conclure, mon avis est que tu dois continuer, malgré tout, de faire bonne figure aux quémandeurs de cette espèce-là, car ils sont fort susceptibles et n'oublient jamais de se venger — et vilainement — contre qui les repousse.

L'affaire en resta donc là; et M. Tanadet, tout content de plaire à sa femme, reprit naturellement son ancienne habitude.

Mais, le samedi suivant, c'était jour de foire à Nevers. Or, la foire est, en nos pays, le rendez-vous de tous les gens d'alentour qui, depuis le plus humble jusqu'au plus huppé, vivent de la bonne terre : coquetiers, métayers, fermiers, propriétaires, sans compter les autres. Rigoureux observateur des vieilles traditions, le fermier de Dompierre eut bien soin d'y aller. Toutefois, comme il ne comptait guère rentrer que vers minuit, il dit à sa femme :

— Tu n'auras point peur, j'imagine? S'il arrive quelque chose, ceux qui croiront te surprendre trouveront à qui parler. Louis, notre aîné, doit arriver dans la matinée; il est brave, solide et pas manchot pour manœuvrer ce fusil muni de chevrotines.

— Rassure-toi, et va! fit Mme Tanadet, en congédiant son homme, d'un air entendu.

... Il ne restait plus, autour de l'âtre, que Mme Tanadet, son fils Louis, brigadier au 3e chasseurs, avec des moustaches terribles, enfin Clélie, la servante au gros visage rond semé de taches de rousseur. Les valets ayant un brin prolongé leur veillée pour entendre jusqu'au bout les chansons et les histoires, venaient de se retirer à onze heures et demie tapant; et la grande cuisine de la ferme, jusque-là pleine de gaîté, paraissait toute triste, comme une volière vide.

— Le diable n'a pas osé venir, ce soir, dit Louis en riant. C'est dommage : j'étais pourtant bien disposé à lui loger une balle dans la peau!

— Oh! je ne le crains plus, répliqua hardiment Mme Tanadet. Je connais ce qu'il faut faire : j'ai vu le curé. L'eau bénite est prête... ça vaut mieux qu'une carabine et ça fait moins de bruit.

Brandissant les grosses pincettes (car le courage est contagieux), Clélie elle-même partit en guerre :

— Et moi, j'lui caresserai les *coûtes* tant qu'i' faudra, jusqu'à en perdre vent!

— Non, Clélie, ordonna Mme Tanadet, non : vous prendrez la lampe, en cas d'alerte; c'est plus indispensable.

A peine cette triple déclaration était-elle faite, que trois grands coups sourds, étranges, retentirent successivement, comme trois défis, au fond du grenier et jetèrent soudain le désarroi chez l'ennemi retranché dans la cuisine et prêt à combattre l'attaque. Mais les gens de cœur redeviennent maîtres d'eux-mêmes en un clin d'œil. Munis de leurs armes, le jeune brigadier, la fermière et la servante se précipitèrent par les larges marches de bois et débouchèrent en ouragan dans le grenier.

Ce fut un désappointement. Plus aucun bruit. Les châssis des lucarnes vitrées, dont le bas effleure presque le ras du plancher, ont leur pène poussé à fond. Les trois assaillants silencieux se regardent, attendant que leur mystérieux adversaire montre le bout du nez. Rien. Le brigadier a grande envie de rire. Mme Tanadet garde tout son sang-froid, sentant l'approche du dénouement. Quant à Clélie, elle est si émue, si tremblante, que la lampe qu'elle tient menace à chaque seconde de chavirer.

— Posez-la donc sur la maie, dit tranquillement la fermière.

Cette situation, un peu ridicule, menaçant de se prolonger, Mme Tanadet prit un parti énergique. « Suivez-moi! » fit-elle. En guise de goupillon, elle trempa le rameau de buis dans l'eau bénite et, flanquées de son fils et de Clélie comme acolytes, elle fit le tour du grenier, aspergeant tout, à droite, à gauche, hardiment. Arrivée devant un tarare qui se trouvait non loin de l'escalier, elle se signa et prononça d'une voix vibrante la formule consacrée :

*Si vous venez de la part de Dieu, parlez; si c'est de la part du diable, allez-vous-en!*

Le van mécanique se mit aussitôt à gronder, battant de l'aile; et la lourde machine rejeta avec effort un rat énorme, horrible, qui fit reculer et pâlir les exorcistes. Il sautait deçà delà, par bonds effarés, en poussant des cris de détresse; puis ne trouvant pas d'issue, il se rua follement sur la lucarne qui donnait au-dessus du jardin et tomba dans la nuit...

Quand on le retrouva, le lendemain, empalé sur la pointe d'un échalas taillé en fer de lance, ce n'était plus qu'une loque sanglante. Mais on cloua quand même ses restes au faîtage de la grange, comme une chavoche; et depuis, le diable n'a, dit-on, jamais reparu à Dompierre.

# II

## LA MARCELINE

Voici en quels termes l'ancien maître d'école
'de Cortz, le père Michelon, racontait cette histoire. :

Il y a quatre ans que ma pauvre Marceline
s'en est allée dans l'autre monde, un soir d'octobre, et je la regrette aussi vivement que le
premier jour de mon veuvage. Elle était si
douce, elle était si brave, bonnegent!...

A mon retour du régiment, ses père et mère —
les Paumelle, de la Chaume-Panil — ne vou-
laient point du tout me la donner : d'abord ils
possédaient au soleil un joli bien qui, soit dit en
passant, ne devait rien à personne, quoiqu'on
les accusât de l'avoir arrondi peu à peu en mordant sournoisement chez le voisin; ils avaient
aussi quelques rouleaux d'or cachés au fond
d'un vieux coffre... la dot de Marceline. D'autre

16

part, une *chétite* maison ratatinée, couverte en
glui et plantée à la diable sur un bout de chene-
vière, était tout mon avoir. Aussi, dès la première démarche faite auprès d'eux pour tâter le
terrain, les Paumelle, jugeant mon apport trop
mince, refusèrent nettement de me recevoir.
Mais ils avaient compté sans la Marceline, car il
faut vous dire que nous nous étions déjà, elle et
moi, promis en mariage, et ils n'en savaient
rien.

Ses beaux yeux ne cessaient de pleurer, à
seule fin de fléchir les deux vieux têtus de la
Chaume-Panil, qui s'obstinaient non seulement
à exagérer leur richesse, mais encore à dénigrer
plus que de raison mon pauvre patrimoine.

— Jamais Michelon ne sera ton homme,
disaient-ils avec colère; et, s'il plaît à Dieu, les
économies que nous avons faites iront ailleurs :
on ne cède pas une belle pièce de vingt francs
contre deux liards.

La Marceline savait de qui tenir; elle répli-
quait :

— Gardez vos écus et vos terres : ils sont à
vous et mon promis ne les demande point.

Quant à moi, dès à présent, et pour toujours, je suis sienne!

Un jour, elle ajouta :

— Ecoutez : j'attendrai votre consentement jusqu'à la Saint-Jean prochaine. Alors si vous persistez dans votre refus, eh bien! j'irai en service : la grosse besogne ne me fait peur. Et ce que j'en dis n'est point bravade, mais avertissement que toute fille honnête doit à ses père et mère.

Ne pouvant digérer que leur fille unique s'en irait bientôt gagner son pain chez les autres, les Paumelle se mirent d'abord à piauler, à piauler; puis, heureusement pour Marceline et pour moi, ils se décidèrent enfin à baisser pavillon...

Nous avons été mariés vingt-cinq ans de notre vie, vingt-cinq ans pendant lesquels un seul enfant nous est né : le Toine, au jour d'aujourd'hui fermier de La Chapelotte, le meilleur domaine du val et qui appartient, depuis 1848, au gros Dindeau de la Levée. Ses affaires prospèrent; il a de la tête, et vraiment c'est un crâne et rude gars dont je suis fier. Ma bru est gente

aussi, avenante et rangée. Voilà qu'ils ont déjà
trois petits Michelon bien drus, et roses et frisés
comme des anges. Mais le dernier, le plus mi-
gnon des trois, ma pauvre défunte ne l'a pas
vu... Ah! s'il en arrive d'autres, tant mieux :
c'est une bénédiction. Cependant, pour peu que
cela tarde, j'ai grand'peur de ne pas être au
prochain baptême, car je m'en vas tout doucement... A la volonté de Dieu! Sans trouble, je
fais tous les jours mon petit bout de chemin
vers la mort, sachant bien que je reverrai Marceline. Par ainsi, elle n'aura plus la peine de
m'apparaître pour me consoler.

Car je l'ai revue depuis sa mort, revue comme
je vous vois *astheure*, de mes propres yeux...
Mais quels mots il me faudrait pour dire ça!

C'était un dimanche du dernier automne, le
lendemain de la Sainte-Ursule, qui est la fête
de ma bru. Depuis déjà plusieurs jours à La
Chapelotte, je n'avais pas voulu y rester davantage, quoique mes enfants m'en eussent
prié. Ma bru surtout se montrait malcon-
tente.

— Mon Dieu! disait-elle, la galette feuilletée,

que j'ai pétrie moi-même de fine farine de fro-
ment et de beurre frais, est à peine entamée, et
vous voulez nous quitter, nous quitter si vite?
Je ne l'ai donc point réussie, cette fois?

— Si bien, ma fille! répondis-je en l'embras-
sant; n'empêche que j'ai envie de rentrer.

— A votre volonté, cher père. Cependant
votre logis, serré en un lacet de route, au bas
du talus, ne peut, avec son courtil derrière et
le bassin de sa fontaine devant, se sauver loin,
quand le diable s'en mêlerait!

Cette boutade me fit rire et je pris congé.

Le soleil, qui avait brillé toute la journée,
n'était pas encore couché. Je pouvais donc
être rendu avant qu'il fît brun, car je crains
beaucoup la fraîcheur du soir, à cause des rhu-
matismes que me réserve, chaque année, la
mauvaise saison... Je ne rencontrai pas âme
qui vive, sur mon chemin. Du haut des arbres
en bordure se détachaient lentement quelques
feuilles jaunies qui venaient choir autour de
moi avec un petit frisson. Et à mesure que le
ciel s'éteignait, je songeais au temps lointain
de ma jeunesse, aux belles années de ma vie

avec ma chère femme; et ces souvenirs me re-
muaient si doucement le cœur que j'en avais
les yeux mouillés.

Puis, tout en marchant, je me disais : « Dans
un instant, quand j'ouvrirai ma porte, la
maison va me sembler plus triste et plus morte
que jamais. La vieille Adélaïde — que j'ai
gardée à mon service parce qu'elle a soigné, et
bien soigné, ma chère femme jusqu'au bout —
m'attend sans doute au coin de la cheminée,
en tirant les cheveux de sa quenouille, mais
quelle compagnie, en vérité! Elle est sourde,
sourde à ne pas entendre un coup de canon;
et si je lui parle, j'ai beau crier... je ne sais si
elle m'a compris; elle bredouille, elle s'em-
brouille, se fâche et finit ses « explications »
par une quinte. Décidément, j'aurais mieux
fait de rester ce soir à La Chapelotte; le babil-
lage des enfants eût peut-être dissipé mes
pensées chagrines. »

Or, j'étais arrivé près du tournant, juste
en face du bouquet d'arbres qui cache la maison,
lorsque soudain plusieurs claquements de battoir se mirent à retentir comme un galop dans

le silence. Jugez de ma surprise. Adélaïde
avait-elle perdu l'esprit pour rincer des nippes
à pareille heure? J'avançai, le cœur battant,
jusqu'au bord du talus qui domine la cour,
et je me penchai afin de mieux voir, car des
branches d'ormes, tombant assez bas, ca-
chaient en partie le bassin de la fontaine. Les
coups du battoir sur la planche de lavage
avaient cessé brusquement; mais je voyais,
entre les feuilles, la coiffe blanche et le buste
d'une femme agenouillée, le mouvement des
mains qui tordaient le linge ruisselant, et j'en-
tendais distinctement le clair tintement de
gouttes d'eau tombant dans l'eau. Quelle était
donc cette femme dont il m'était impossible
de discerner les traits au milieu de l'ombre
commençante? Ce n'était point la vieille gar-
dienne de la maison, j'en étais certain à présent! Une sueur d'angoisse me perlait aux
tempes et je restais cloué sur place, quand
l'étrange lavandière tourna sans cause appa-
rente la tête de mon côté.

— O mon Dieu!... Marceline!... m'écriai-je,
éperdu. Et, par la petite descente taillée en

forme de croissant, je me précipitai dans la
cour... Elle s'était levée en même temps, et
son corps aux lentes ondulations reculait vers
la clôture, devant mes bras tendus pour
l'étreindre.

— Marceline!... Marceline!...

L'écho seul me répondit. Et je ne vis plus
rien, plus rien! Elle s'était fondue, évanouie,
là, sous mes yeux, dans la brume...

Alors j'entrai à la maison et me laissai tomber
sur une chaise, devant la flamme agonisante
du foyer. Quel vide autour de moi et dans mon
cœur! Muets témoins de ma vie solitaire, les
meubles voilés d'ombre avaient l'air de res-
pecter mon grand chagrin qui s'exhalait en
sanglots. Quant à la vieille Adélaïde, endormie,
le nez sur ses genoux, au coin du feu, elle
continua de ronfler, comme une brute...

# III

## L'AVENTURE D'UN ÉPOUSEUX

Ils se rencontrèrent pour la première fois à l'assemblée de Patinges.

— Oh! c'est bon de bicher vos joues; ma bouche en garde comme un goût de pêche *meure*... Je vas, s'il vous plaît, recommencer.

Mais, tout doucement, la jolie fille écarta Justin Gambier.

— Non! dit-elle en rougissant un brin, la danse est finie, pourquoi nous faire remarquer? D'ailleurs, il faut que je m'en aille.

Le galant lui prit la main. Et, d'un regard caressant et ravi, il examina cette chaude beauté brune épanouie en toute sa fleur, devant lui, presque à portée des lèvres. Comme elle ne parlait plus, il éprouva le besoin d'entendre encore le timbre clair de sa voix.

— Vous me convenez beaucoup, dit-il, et

j'aime votre minois... Quel est votre nom? je
vous prie.

Elle hésita, visiblement troublée, puis murmura :

— Rose Bonnaire.

— Eh bien! mademoiselle Rose, vous portez
un nom qui me va et je demande permis d'*aller
vous voir*. (Dans nos pays cette expression
signifie faire visite aux parents d'une fille, en
qualité de prétendu.)

— Ce n'est guère facile, dit-elle.

— Vous êtes peut-être de loin?

— Par là, du côté des Gueffiers, derrière le
ch'tit domaine de Gacogne. Notre maison s'appelle Le Fondis. Elle est bien un peu perdue
dans les bois, par exemple, mon père faisant
métier de bûcheron.

— Moi, répliqua-t-il, je suis natif de La
Guerche, fils de Gambier le bicleux, marchand
de bestiaux, et j'ai pour parrain Justin Fon-
celle, le maréchal dont on voit la forge d'ici...
J'ai bon pied, bon œil. Je saurai donc la dé-
nicher, votre maison, ma jolie fraise des bois!

— Heulla! que dites-vous, monsieur Justin!

Pas plus que les autres, vous n'oserez venir chez nous.

— Et pourquoi donc, gente Rose?

Elle hésita derechef. Il insista :

— Oui, pourquoi?

— Un brin de patience. Vous le saurez en temps voulu, car les mauvaises langues se chargeront de vous l'apprendre. Et la peur...

— La peur! les mauvaises langues!... Vous voulez rire sans doute? Tenez, j'irai dimanche.

— Eh bien! je vous attendrai.

Et elle s'en alla, ne voulant point que Gambier l'accompagnât un bout de chemin, pour éviter de faire causer le monde; mais, en revanche, elle avait dû accorder au galant un dernier baiser qui les avait fait tressaillir l'un et l'autre jusqu'au fond de l'âme.

Le sentier qu'elle prit commence au terrain sans clôture où se tenait la fête du village et suit le bord du plateau, laissant sur sa gauche, depuis le faîte jusqu'au canal du Berry, toute la pente qui déroulait, en face du soleil couchant et à perte de vue, sa nappe somptueuse et frémissante de blés mûrs, car on était à

l'époque de la moisson. Elle marchait d'un
pas alerte, comme soulevée par la joie, sans
se retourner. Et resté à l'endroit où elle vient
de le quitter si vite, Justin, un peu triste, la
suivait du regard au-dessus des beaux épis
roux qu'elle dépassait de la tête.

— Que je suis sot! murmura-t-il en se donnant une tape sur la cuisse, que je m'en veux
de ne point lui avoir fait, malgré sa résistance,
un petit bout de conduite!...

Aussitôt une voix lui cria dans le dos :

— Hé, Justin, qu'as-tu donc à mâcher entre
tes dents? Je parie que tu voudrais être à côté
de celle qui s'en va, là-bas, à travers les récoltes? Tu l'as bichée deux fois... (je vous ob-
servais!) Eh bien! c'est deux fois de trop!

Dès les premiers mots, Justin s'était re-
tourné.

— Tiens! Joset? fit-il d'un air ennuyé.

— C'est moi! dit Joset. Et te voilà pris,
hein? Mauvaise chance!

— Pourquoi? demanda l'autre avec humeur.

— Tu ne sais pas donc? Le pé Bonnaire est
bûcheron; mais il est surtout jeteux de sorts...

(Demande au fermier de Gacogne dont, chaque
année, le foin pourrit sur pied.) Il est, de plus,
meneux de loups avéré, et il compte naturellement sur son futur gendre comme successeur,
attendu qu'il n'a pas de fils... Viens te rafraîchir à l'auberge du *Bon Coin*, ça vaudra mieux.

— Ah! ah! ah! elle est bien bonne, par
exemple! repartit Gambier en éclatant de rire.
'J'accepte une verrée; il fait chaud. Quant à
tes sornettes, débite-les ailleurs, s'il te plaît.

Le dimanche d'après, Justin Gambier, tout
faraud, se mit en route « pour aller voir sa
blonde », comme dit la chanson. Il arriva près
de Gacogne vers quatre heures, par les bois. Au
lieu de se renseigner au domaine, dont les gens
— il le savait — n'étaient guère cousins avec
les Bonnaire, il préféra chercher seul la maison
« un peu perdue dans les bois ». Mais après
avoir viré, tournaillé longtemps à droite, à
gauche, par des sentiers tordus qui s'enche-
vêtraient et fuyaient ici et là, comme des serpents, sous les fougères, il n'était pas plus
avancé qu'au commencement. Alors, l'idée lui
vint de retourner à Gacogne... et voilà qu'il

était égaré et n'en retrouvait plus le chemin!...
Quel guignon!...

— Par ici! prenez à gauche, monsieur Justin!
dit une voix au timbre clair, qu'il reconnut
tout de suite.

Inquiète que son galant n'eût pas encore
paru, Rose était sortie en éclaireur derrière
Le Fondis et souriait entre des rameaux écartés, en lui faisant signe.

— Oh! je vous fais excuses d'être ainsi en
retard, dit Justin. Toutes ces sentes m'ont
*emberlificoté* au point que j'étais égaré.

Il lui prit doucement la main.

— Depuis dimanche, avez-vous un petit peu
pensé à moi? demanda-t-il.

— Toujours! répondit-elle.

— On a dit *oui*, au Fondis?

Elle fit un signe de tête affirmatif.

— Je vous aime! s'écria-t-il avec élan; je
vous aime!

Le Fondis avait assez mauvaise mine. Il
dissimulait dans un pli de terrain ses murs en
torchis et son bonnet de vieux glui tout rongé

de mousse. Une seule porte s'ouvrant derrière, sur les futaies, une porte basse, sour-
noise, mais solide avec deux traverses mas-
sives taillées à coups de serpe, et qui criait
en tournant sur son pivot. En la franchissant,
il fallait descendre plusieurs marches, et l'on
se trouvait au milieu d'une vague pièce privée
d'air, au sol de terre battue et aux charpentes
grossières, encombrée de « denrées » et qui
exhalait une odeur de cave. Mais Rose ayant
poussé la porte pratiquée dans la mince cloison
d'en face, la grande chambre du logis, éclairée
par deux fenestrelles et une porte vitrée qu'il-
luminait le soleil couchant, s'ouvrit devant
Justin.

— Bonjour, la compagnie!

Or, la compagnie se composait du bûcheron
et de sa femme.

— C'est M. Justin Gambier dont je vous
ai parlé! fit Rose.

Alors, la femme se leva péniblement de sa
chaise et répondit : « Bonjour pareillement! » Mais
Bonnaire ne dit mot, la joue dans la paume,
les yeux fixés sur le bout de ses gros souliers.

— Et vous v'nez pour le bon motif, d'après c'que nous a conté nout' fille.

— Dame oui! si vous voulez bien.

— En ce cas, asseyez-vous... y aura p't-êt'e moyen de s'arranger.

Bonnaire se leva brusquement. Il n'était pas grand, mais trapu, large d'épaules, avec une barbe de courandier et un nez en bec-de-corbin. Il porta sur le jeune homme ses yeux gris d'acier, étrangement luisants sous les sourcils hérissés.

— Mais vous savez... ma fille ne se mariera point à l'église, c'est juré! fit-il d'une voix glapissante.

Justin se mit à rire.

— Vous n'aimez guère les curés, à ce que je vois!

— Oh non! oh non! pour sûr.

Il n'insista pas, craignant d'effaroucher Justin dont la tournure lui plaisait. « Je saurai bien, pensait-il, je saurai bien, le moment venu, imposer ma volonté à ce guerdaud-là! » Puis il s'en fut quérir une chopine de piquette. On trinqua.

— Pendant que la bourgeoise s'occupera du souper, dit Bonnaire, je vous montrerai le jardin.

C'était un demi-arpent de terrain en pente devant Le Fondis. Une impénétrable clôture de broussailles — prunelliers à longs piquants noirs effilés comme des aiguilles, ronces folles, *abaupins* hérissés de dards, églantiers à épines recourbées comme des crocs — le défendait contre toute invasion. De temps en temps, de vieux sangliers tentaient pourtant d'y faire brèche; mais si leurs défenses se tiraient toujours de l'aventure à bon compte, leur pauvre groin saignant, meurtri, lamentable, leur ôtait pour longtemps l'envie de recommencer. L'innocent Jeannot Lapin lui-même, si habile à faire des trouées, se rebutait vite, craignant d'y laisser sa peau. Ainsi abrités de tout pillage, les pommes de terre, les choux et les salades du bûcheron « venaient » à souhait, et Justin ne manqua pas de le complimenter. Deux larges pommiers à reinettes — des reinettes déjà mûrissantes — étaient chargés de fruits. Plus loin, un grand prunier de *baloces*

17

sucrées pliait sous la récolte, et nombre de guêpes soûles trébuchaient encore autour du tronc, parmi les belles prunes roses étalées, le ventre ouvert, sur la terre chaude. La jeune fille en choisit une et l'offrit à Gambier qui, l'écrasant entre ses doigts, y colla sa bouche aussitôt pour en exprimer le jus savoureux.

— Oh! les guêpes n'ont pas su trouver la meilleure de toutes! fit-il en manière de remercîment.

Le souper était prêt. On se mit à table. L'omelette au jambon et le poulet rôti furent arrosés de deux bouteilles de bon petit piot acheté pour la circonstance. Bonnaire parla peu, n'étant guère causeux de sa nature; mais la bourgeoise, qui se voyait déjà un gendre, se montrait plus expansive et disait de temps en temps aux deux amoureux :

— Hé! jeunesses, embrassez-vous donc un petit.

Chaque fois qu'ils échangeaient un baiser, la bourgeoise riait d'un gros rire; et, mis en train par cette gaîté, les jeunes gens recom-

mençaient de plus belle, quoique le bûcheron
gardât sa figure renfrognée. Et Justin murmurait des choses douces; et Rose, attendrie,
écoutait ce joli ramage d'amour comme un
écho de son propre cœur. Elle eût voulu l'entendre toujours; mais ses yeux se trempaient
de tristesse en regardant marcher l'aiguille de
la vieille horloge qui amenait pas à pas l'heure
de la séparation... Dans un moment il allait
partir... et s'il ne revenait plus au Fondis!...
Cette idée lui causa une telle souffrance qu'elle
eut le courage de demander :

— Eh bien! voyons, mon galant, à quand
les noces?

Il répondit :

— Tout prochainement, *s'il plaît à Dieu!*

Au même instant retentit dans le grenier
un cliquetis de chaînes secouées, agrémenté
de grognements furieux.

Pâle, effaré, Justin regarde ses hôtes... Rose
éclate en sanglots; sa mère gémit : « *Il* ne nous
laissera plus le moindre répit, c'est abominable! » Bonnaire, décontenancé, se lève et
par trois fois de sa voix glapissante jette ce

cri lugubre : *hou! hou! hou!* Et le sabbat cesse comme par enchantement.

Puis, se rasseyant sur son escabeau :

— Ah çà! êtes-vous folles? dit-il, les yeux tournés vers les deux femmes. Etes-vous folles, pour geindre de la sorte? Quant à vous, Justin, n'ayez crainte. J'ai attaché là-haut mon grand chien noir Flambeau, à cause de votre visite, car il ne peut souffrir les étrangers qui viennent au Fondis; mais il recevra une de ces raclées!...

— Il regrette déjà son escapade, puisqu'il fait le mort à présent, remarqua Gambier, un peu rassuré. N'empêche qu'il doit être fort comme un âne pour faire un train pareil... En vérité, j'ai bien cru tout à l'heure que la maison allait s'effondrer.

— Elle est solide, je vous en réponds; et l'on peut y revenir sans peur.

— Mais j'y reviendrai dimanche, dit Justin en se levant.

Puis, il s'approcha de Rose dont l'émoi n'était pas encore apaisé, et il lui baisa les yeux.

— A dimanche, n'est-ce pas?

— A dimanche!

Bonnaire voulut le reconduire jusqu'à la sortie des bois, mais il s'y refusa, Rose lui ayant appris à reconnaître le sentier qui mène droit sur Patinges. Et puis la lune était en plein ciel, ronde, belle, éclatante comme une boule d'argent. Ses rayons faisaient des trouées claires dans l'obscurité des bois; et, la nuit, quand CEUX DE CHEZ NOUS ont à franchir un bout de futaie, la lune n'est pas toujours à leur service.

Gambier s'en allait donc, le cœur content. Il pensait à sa blonde. Etait-elle gente, tout de même! et douce! et câline!... Avec ça, point sotte. La prune sucrée, qu'elle lui avait si joliment offerte, il lui semblait derechef en goûter la chair embaumée et fondante. Tous les incidents de sa visite au Fondis lui revenaient dans la tête. Il revit la bourgeoise un peu geignarde, mais avenante, en somme; il revit surtout l'étrange silhouette du bûcheron aux yeux de chavant, qu'il avait observé de près... Eh bien, son opinion, à lui Gambier, était faite à présent sur le compte du bonhomme. Et il l'exprimait tout haut, chemin faisant.

— Pour un type, le pé Bonnaire est un type assurément; mais sorcier, jeteux de sorts, suppôt de Satan!... Non. Il ne doit sans doute cette mauvaise réputation qu'aux exploits de son chien Flambeau...

Gambier en était là de ses réflexions, quand, des bois, il déboucha sur la campagne inondée de lune. En face de lui, une sente en lacet montait vers Patinges dont le clocher apparaissait piqué, là-haut, dans les étoiles.

— Enfin, murmura-t-il, content de soi, je ne me suis pas égaré!

Et les paroles de Joset, à propos du bûcheron, lui revenant à l'esprit, il se mit à rire.

— On ne les rencontre plus que dans les contes de vieille femme ou les dictons des imbéciles, les *loups-garous!*

Dits à tel ou tel moment, certains mots ont peut-être une vertu magique, car, à peine Justin avait-il fini de parler, qu'il fit un saut de fou et faillit s'abattre à la renverse... Surgis il ne savait d'où, deux loups énormes, deux loups monstrueux, se tenaient, l'un à sa droite, l'autre à sa gauche, pour l'escorter. Que faire? Les chasser? Mais avec quelle arme? En quittant Le Fondis, il avait oublié son bâton de cornouiller. S'enfuir? Il serait sans doute poursuivi de fort près; et qu'il fît par hasard un faux pas, une culbute... c'était la mort! Cependant, au milieu de ses perplexités, sa lucidité d'esprit restait encore intacte. Continuer sa route droit devant lui, avec circonspection, lui sembla le parti le plus sage. Une sueur froide lui perlait aux tempes et de grands frissons le secouaient jusqu'aux fibres, comme un arbre assailli par des coups de vent successifs. Mais il ne cessait, en marchant, de surveiller du coin de l'œil ses redoutables compagnons. S'il allongeait ou ralentissait le pas, eux faisaient de même et le plus naturellement du monde. Il s'arrêta brusquement. Les bêtes vinrent se camper en face, le fixant de leurs yeux flambants, pour l'empêcher de passer outre. Alors, pris d'affolement, Gambier s'élança vers Patinges en un galop vertigineux. Et tandis que bouchures, arbres, champs d'éteules viraient éperdument, il sentait sur ses jarrets le souffle ardent, haletant, des loups-garous acharnés à le poursuivre... Au carrefour des Quatre-Chemins, devant les marches de l'humble calvaire qui s'élève à cet endroit, il tomba épuisé, anéanti, en faisant un signe de croix, et prêt à mourir.

Les monstres s'arrêtèrent net et se mirent soudain à pousser des hurlements épouvantables, comme si quelque chasseur invisible leur eût, du même coup, cassé les reins. On les entendit non seulement de Patinges, mais de Gacogne et du Moulin de Ragon. Au loin, dans la cour des fermes, les chiens en détresse jetaient des aboiements éperdus, pendant que les deux garous, cherchant à regagner les bois, traînaient leurs râles suprêmes et leurs lamentations sur le flanc des collines.

Dès qu'il revint à lui, Gambier, tout grelottant de fièvre, réussit à atteindre le village. L'auberge du *Bon Coin* n'était pas fermée. Il était si hâve, quand il y entra, que les buveurs qui s'y trouvaient encore attablés se levèrent, pris de stupeur, en le regardant. Puis on le fit asseoir, on l'entoura, pour le questionner.

Le pauvre gars ne put prononcer une parole.

A la suite de cette aventure, il fit une maladie qui dura un mois.

Puis il écrivit à Rose Bonnaire :

« Adieu! je ne retournerai de ma vie au Fondis. Il y a trop de loups, et je n'aime point ces bêtes-là. »

# IV

## VENDANGES SONT FAITES

Cocron, le vieux rentier à qui les galopins de mon temps ont joué bien des tours, Cocron fut, il y a quarante ans, une célébrité de chez nous, ainsi que Gendron le badifou, le p'tit pé Gallet, Grassot le charlatan, Compagnon le cornemuseux, Champroux le joueur de vielle et la Gardette au visage troué comme une écumoire et qui n'avait pas sa pareille pour trouver un poupon dans les foins ou dans les blés.

Son visage glabre, qu'ombrageait un large « chalumiau », avait le ton frais et coloré d'une pomme de capendu. Il était toujours vêtu d'une blaude, ronde d'encolure, et d'une culotte en cotonnade bleue qui ne lui descendait qu'à la cheville. Ses sabots de hêtre, solidement bridés et ferrés depuis des années et des an-

nées, semblaient être, comme lui, indestruc-
tibles.

Aucune recherche, ni dans sa tenue, ni dans sa
nourriture. Il s'habillait et vivait en bonhomme,
en paysan. Et pas chiche avec les amis. Quand
c'était opportun qu'il changeât un napoléon,
il ne se faisait jamais tirer l'oreille. On ne lui
connaissait guère qu'un vice, un seul, mais
si bien chevillé en lui, si inhérent à sa personne, qu'à vrai dire l'un et l'autre ne faisaient
qu'un. Cocron était ivrogne fieffé. Que voulez-
vous! Il adorait le joli piot du terroir, cet honnête picolo berrichon, gai à l'œil, frais à la
glotte, et qui vous *met dedans* sans qu'on y
pense.

Il recherchait surtout l'amitié de ceux qui
possédaient quelques vignes dans le pays. Un
mois après la vendange, ceux-ci le trouvaient
souvent sur leur chemin. Cocron leur disait:
« Bonjour, maît' Daguin! ou : Bonjour, maît'
Cottard! ou : Bonjour, Mouton bit! » selon la
circonstance. Puis, en vous regardant, il avait
un petit clignement qui signifiait : « Eh bien!
ce vin nouveau, est-il à point pour qu'on le

goûte? » Si vous disiez : *Venez*, d'un signe de
tête, il vous emboîtait le pas; et, pour peu que
le trajet durât, il vous jetait dans le dos :
« Fait'-i' chaud!... Bon sang de bon sang, fait'-i'
chaud! » Après le vin nouveau, on goûtait le
vin de l'an dernier, histoire de faire la diffé-
rence. En fin de compte, la cuite du rentier
était d'autant plus complète qu'il l'avait espé-
rée, poursuivie plus longtemps.

Chose étonnante! Ces fréquentes soûlées ne
lui causèrent jamais le moindre malaise. Son
ventre était de première qualité; il engouffrait,
sans protestation, tout ce qu'on lui versait,
comme une futaille vénérable.. Cocron ne perdit
jamais (oui, jamais, on peut le dire) l'odeur
de sa condition.

Vigilant gardien de la morale, le curé de Cortz
n'osait plus tonner en chaire contre l'intem-
pérance aux effets déplorables; Cocron n'avait
qu'à se montrer pour réduire à rien les meil-
leurs arguments du saint homme. Quand finira,
Seigneur, quand finira ce scandale?

Le scandale cessa par la brusque disparition
du rentier. Et le doux pasteur de Cortz, qui ne

comptait plus ramener au bercail la vieille bide égarée, ne fut pas le moins surpris de cet étrange événement.

Au surplus, voici ce qu'on a raconté :

Tintin Laboureau — un franc licheur de La Chaume — avait invité son vieux copain à goûter un cuissot de chevreuil pour le réveillon. Cocron avait d'abord accepté; mais comme les chemins restaient ensevelis sous la neige, qu'il gelait ferme, qu'une bise cinglante persistait à vous couper la figure, et que d'ailleurs la maison de ce Laboureau était au diable, là-bas, à la lisière des grands bois, Cocron fit dire, l'avant-veille de Noël, qu'il ne fallait plus compter sur lui.

Furieux, Laboureau courut à Cortz.

— Comment! c'est à moi, Pothin Laboureau, que tu fais cet affront? Tu n'es pas malade pourtant? J'allumerais ma pipe sur ta joue!

Cocron balbutia de vagues excuses.

— Ta ta ta! cria l'autre, assez de sornettes! Par exemple! Tu viendras, ou bien c'est la brouille. Tu n'aimes guère le chevreuil? On te servira du cochon. Quant aux invités, tu les connais, les gaillards! Ils ont juré de mettre ma cave au pillage et j'ai promis de les laisser faire, même de leur donner un coup de main.

Vaincu, Cocron répondit :

— J'irai!

Il y alla, en effet; mais Laboureau et ses joyeux compères l'attendirent vainement. Depuis, nul chrétien ne l'a revu dans le pays. A-t-il été pris de congestion et dévoré par les loups? Le bon Dieu l'a-t-il reçu dans sa miséricorde ou, comme l'affirment de vieilles dévotes, Satan l'a-t-il emporté comme sien dans l'enfer?

On ne sait pas.

# LE BON COURANDIER

# LE BON COURANDIER

A Achille Voillat.

, Il était une fois un bon courandier. Cheveux bouclés, barbe de fleuve, sur qui les ans avaient déjà neigé, beaucoup neigé. Son visage était flétri par les épreuves de la vie; mais, rose pâle et pervenches bleues restées jeunes parmi des ruines, sa bouche et ses yeux avaient gardé, celle-là sa douceur charmante et ceux-ci leur enfantine limpidité.

D'où venait-il? On ne savait, lui-même n'ayant jamais voulu le dire. Haut de taille et solide encore, malgré son âge vénérable, il avait marché longtemps, longtemps, sur les routes du monde, avec l'âpre désir de trouver la Fortune.

Quand elle vint, grâce à son indomptable énergie, c'était trop tard, aucune femme des

18

pays étrangers n'ayant, pendant la longue pé-
riode des efforts et des luttes, voulu de lui pour
mari, à cause de sa pauvreté. Devenu riche,
très riche, d'un seul coup, il eût pu néanmoins
se remettre à chercher une digne compagne
de sa vie, certain, cette fois, d'être agréé; mais
le souvenir des refus essuyés lui avait laissé
au fond de l'âme un tel dégoût, qu'il fut pris
de regrets nostalgiques et que son existence
lui sembla plus vide, plus misérable qu'avant.
« Oh! pourquoi avait-il quitté, par un coup de
tête, le toit familial? Pourquoi s'était-il obstiné, pendant si longtemps, à ne plus donner
signe de vie aux siens qu'il n'avait pas cessé
d'aimer pourtant? Maintenant le remords lui
rongeait le cœur. Tous les êtres chers repas-
saient dans son souvenir, images spectrales,
confuses, lointaines; sur ses joues creuses et
jusque dans sa longue barbe blanche glissaient
des larmes, de ces larmes lentes et navrantes
par où s'échappe la douleur muette et terrible
des abandonnés. Et le malheureux n'eut plus
qu'une idée : revenir au pays natal pour y
terminer sa vie sans joie et sans amour. Il

réalisa tout ce qu'il possédait et se mit en route.

Ce fut à Saint-Nazaire qu'il débarqua. Deux jours plus tard, il logeait dans une auberge de La Guerche, petite ville berrichonne près de chez nous. Sans se faire connaître, il sut interroger des gens sûrs au sujet de sa famille dont il était séparé depuis quarante ans, et voici ce qu'il apprit :

Son père et sa mère n'étaient plus, et leur tombe comptait déjà parmi les anciennes dans le cimetière de C... Jusqu'à l'heure suprême, ils avaient espéré que leur fils aîné, le Francis, reviendrait pour leur fermer les yeux; et ils étaient partis à huit jours d'intervalle, partis sans le revoir, bonnegent! Quant à ses deux frères Joset et Médard (qui s'étaient partagé l'héritage et mariés), ils avaient fait souche; Joset était métayer à Claire-Fontaine, Médard, un peu plus loin, au domaine de Gravières, entre Garchizy et Pougues, dans le Nivernais.

— Je désirerais visiter ce pays-ci et me vêtir

en paysan, pour la circonstance, afin de passer inaperçu, dit le grand vieillard à son hôtesse.

Il choisit, parmi les hardes qu'on lui présenta, une blaude à la vieille mode, une culotte de coton bleu, une chemise de toile bise à col flottant, de gros souliers à clous, un ample « chalumiau » (espèce de feutre rustique); il s'en accommoda du mieux qu'il put et, par ainsi accoutré, prit incontinent un tapecu de louage jusqu'à Fourchambault. De là, il continuerait la route à pied, après avoir tourné sur sa gauche. Une demi-lieue de chemin en marchant droit devant soi, et il serait à Claire-Fontaine.

Pendant le trajet, il mendia aux portes comme un vagabond, en expiation de ses péchés et par esprit d'humilité chrétienne, car j'ai oublié de vous dire qu'au milieu de toutes ses aventures il avait conservé intacte la foi de son jeune âge.

Une chaîne de collines couvertes de vignobles s'en va du sud vers le nord jusqu'au mont Givre, et la route est tracée à mi-côte sur la pente occidentale. C'était l'époque des ven-

danges. Le bon courandier voyait çà et là
des chapeaux de jonc tressé et des coiffes
blanches émerger des beaux cépages verts baignés de soleil; et des hommes robustes, courbés
sous une avalanche de paniers pleins de grappes
bleues, descendaient jusqu'à la chaussée pour
verser la récolte dans les tines en rangs sur les
charrettes dételées, au son de la musique des
guêpes et des frelons ivres. Cette activité dans
la calme campagne aux chers horizons réjouis-
sait les yeux et le cœur du bon courandier.

— Hé! l'vieux barbu coume in roi Mage,
i' fait chaud... vous v'lez-t-i' in raisin pour vous
rafraîchi' l'*cornillet?*

— Dame! c'est point de refus. Merci bien,
mon brave homme!

Et le bon courandier s'en allait, mordant
les grains juteux et parfumés qui fondaient en
sa bouche.

Après avoir traversé Garchizy, il arriva près
d'une petite ferme et d'un pâté de maisons se
faisant face et séparées par un chemin creux
qui, dix mètres plus bas, se soudait à la route.

C'était Claire-Fontaine. L'habitation du fermier donnait sur une cour clôturée d'aubépines taillées avec soin. Derrière la haie vive surgissaient des arbres à fruits et des jets de passe-roses aux quenouilles fleuries.

Le bon courandier s'avança timidement, de quelques pas, jusqu'à la cour. Des poules caqueteuses s'y promenaient au soleil; et, juché sur le haut d'une ridelle, un beau coq pattu, crête rouge et yeux d'or, surveillait sa tribu d'amoureuses. Mais aucun être humain ne se montrait, quoique la porte du logis fût grande ouverte. Un chien noir, endormi sous la charrette, dressa la tête, flairant l'étranger, et jeta quelques aboiements, pour donner l'alarme. Aussitôt un minois rose de fillette blonde émergea du jardin, comme une fleur; et ses yeux bleu de ciel s'agrandirent en voyant le vieillard.

Elle appela : « Lalie! Lalie! »

Une femme courte, rougeaude, en bonnet de linge, apparut dans l'encadrement de la porte. C'était Lalie, la grosse servante. D'un coup d'œil elle avait dévisagé l'inconnu, resté contre

la barrière de la cour. Un homme ne lui faisait
pas peur, allez! et celui-ci moins que d'autres,
en dépit de sa longue barbe de traîneur de route.
Elle arriva sur lui, l'air décidé, fronçant le sourcil, un couteau à la main, car elle venait d'éplu-
cher des légumes.

— Madame, demanda le bon courandier
en la saluant, c'est ici que demeure maître Joset,
n'est-ce pas?

Un oui sec lui répondit.

— Je désirerais le voir, continua-t-il. J'arrive de fort loin, et j'apporte des nouvelles
de son frère aîné Francis.

— Ça, par exemple, c'est une menterie pom-
mée! Quand le Francis a disparu, j'étais toute
pétiote; vous ne pouvez donc m'en faire accroire
là-dessus, mon vieux roule-ta-bosse. D'ailleurs,
pour l'instant, maître Joset et sa femme sont
aux vignes; et je vous engage à filer plus loin!

Devant cette rebuffade, le bon courandier
se tourna vers la fillette blonde, — et il y avait
de la tendresse muette et de l'imploration en
ses yeux mouillés. Mais la fillette confirma
durement l'ordre de Lalie.

— Vous n'avez qu'à filer!

Il demanda :

— Maître Joset est votre père sans doute?

— Oui... Et après?

— Je voulais savoir, et je lui ferai, à l'occasion, mes compliments. Adieu!

Et le vieillard s'en alla du côté de Gravières. Il n'accepta plus ,les raisins qu'on lui offrit sur la route, car son pauvre cœur saignait plus que les grappes meurtries dans les tines à vendanges.

Il arriva au petit domaine vers cinq heures de l'après-midi. Toute la famille du métayer, qui avait passé la journée aux vignes, venait de rentrer. Les trois charrettes contenant la récolte étaient déjà sous le courtil, et l'on entendait encore les sabots des juments sonner sur le pavé gluant des écuries.

Deux gamins, l'un de quatorze ans, l'autre de douze, voyant approcher ce pauvre homme dont ils ne connaissaient point la figure, s'avancèrent pour rire un brin à ses dépens.

— Vous v'nez-t-i' vendanger? demanda l'aîné.

Vot' montre retarde. Il lui manque peut-êt'e
eune roue?

— Peut-êt'e ben! fit niaisement le plus jeune.
Mais juste à ce moment-là maître Médard
sortait du courtil. Le bon courandier resta saisi,
cloué sur place, tant le métayer était la vivante image de son père à l'époque lointaine
où lui, Francis, avait quitté la maison ances-
trale. Quant aux galopins, qui redoutaient
quelques calottes dont maître Médard était
moins chiche que de ses écus, — ils s'étaient
envolés à l'autre bout de la cour.

— Eh ben! le courandier, qué qu'vous
faites là?

— Je viens au nom de votre frère Francis...
Médard eut un sursaut.

— Vous? dit-il, en dévisageant le courandier.
Et cette réflexion : *Tout de même, si Francis
n'était point mort et s'en venait réclamer sa part
d'héritage* — lui serra la gorge brutalement,
comme une main criminelle.

Devinant sa pensée, le bon courandier voulut
le tirer d'angoisse.

— N'ayez crainte, maître Médard. Francis

ne demande qu'à revoir ses frères : Médard, du domaine de Gravières, et Joset, de Claire-Fontaine.

— Oh! vous êtes renseigné! dit l'autre qui s'était déjà remis. Et le regardant en dessous, avec méfiance :

— Seriez-vous, par hasard, le copain de vagabondage de celui qui vous envoie?

— Peut-être bien.

— En ce cas, dites-lui que je l'avertirai quand j'aurai besoin de lui.

— Mais je ne sais trop si je repasserai! hasarda le vieillard.

— En effet, les gendarmes de Pougues pourraient ben, d'un moment à l'autre, vous prendre au collet.

C'en était trop. Le bon courandier s'en alla.


Or, quelque temps après, Médard et Joset, penchés sur un journal, discutaient vivement. Voici la chronique locale qui les avait bouleversés : *Francis D..., natif du village de C..., en Berry, s'était expatrié, il y a, dit-on, une quarantaine d'années. Il vient de rentrer au*

*pays, après fortune faite. Ses héritiers natu-*
*rels, ne sachant point qu'il était riche, ont*
*refusé de le recevoir. Dégoûté du monde, Fran-*
*cis D... a fondé une messe à perpétuité pour*
*le repos de l'âme de ses parents, laissé aux*
*pauvres près de deux millions et s'est retiré*
*dans un couvent...*

Aujourd'hui, le bon courandier, expulsé de
France, cache sa vie dans un monastère de
Badajoz, en Espagne. C'est là que je l'ai vu.

# SOUVENIRS

# SOUVENIRS

A Vincent Détharé.

## I

Ainsi, vous l'avez parcouru, ce bout de pays berrichon mi-plaine, mi-colline, compris entre la grande route de Tours à Nevers, l'Aubois et la Loire, et qui, étalé sur la carte d'état-major, affecte à peu près la forme d'une cloche dont le sommet serait au château d'Aubigny... Vous connaissez le village de Cortz où je suis né. Oh! sans doute, il n'est pas joli, joli, le pauvret! Quelques maisonnettes, toits de tuiles ou de chaume échelonnés le long de la route, sur la croupe du coteau. Juste au milieu, une place faisant terrasse d'où s'élève la vieille église dont le fin clocher bleu, aux ardoises verdies, montre à tout venant du côté de la plaine le vénérable coq percé de sa pointe.

La campagne environnante, à vrai dire, n'a pas de caractère bien accusé; mais quel peintre la contemplant n'aimerait ses changeantes couleurs adorablement fondues et ses courbes arrondies qui caressent le regard?

Champs rayés de longs sillons bruns ou vêtus de moissons opulentes, suivant la saison; pacages tachetés de moutons blancs, de taures ramagées, de poulains chevelus, à croupe luisante, qui s'ébrouent et pour un rien s'effarent et galopent; vastes chênaies couronnant les hauteurs; vieux chemins bordés d'ormes, sentiers perdus... Un riau chante au fond de ce val; une source frissonne entre ces saules lentement rongés par le temps; puis, semés ici et là, les hameaux et les fermes se détachent en clair sur les verdures ou les lointains bleus. Enfin, baignant tout cela, je ne sais quelle douceur divine et le ciel, même quand il est pur, toujours un peu mélancolique...

Que n'étais-je là, mon ami, pour vous servir de guide! Je vous aurais fait voir de près CEUX DE CHEZ NOUS, les derniers survivants d'autre-

fois qui conservent encore nos anciennes cou-
tumes bientôt appelées, comme tant de choses
touchantes, à disparaître : les Denizot, par
exemple; la cousine Lucier-Girard; la Memette;
Laurent le Pion et sa femme, ces fines langues;
Roblin, le grenadier... Ensuite, nous serions allés
chez maître Cottard, le père de ma marraine
(à qui j'aurais donné une bige) et de mon brave
Jean, toujours disposé à faire des farces. Et
comme nulle part on n'est plus accueillant que
là, Mme Cottard nous eût fait fête : « Il faut
vous asseoir, goûter notre vin de Corcelles.
Ah! la vigne est, comme nous, bien vieille, bien
épuisée; elle donne peu de jus, mais il est bon :
ton jeune ami nous en dira des nouvelles...
Dame! sais-tu qu'on n'en a point bu depuis le
jour où notre petite-fille Berthe, ta filleule, a
fait sa première communion? »

Bientôt évoqués par la verve de nos hôtes,
certains types, morts depuis longtemps sans
doute mais dont j'ai très nettement gardé sou-
vènir, auraient repris vie, fait leurs gestes de
jadis, parlé devant vous. Seraient apparus,
entre tant d'autres, le pé Soulier, coiffé hiver

comme été de sa casquette à oreillettes, — la
petite Cabiche, bossue, béguë, rigôtie, —
maître Cémant le cardeux, toujours prêt à
lâcher des grivoiseries à quelque saute-aux
prunes, — Jean Bounet, le bon coucou, — la
Bézette, cette grande marchande rousse qui si
bien attisait nos passions d'enfant. (Hé! ch'ti
Louis, disait-elle, tu passes comme ça sans dire
bonjour aux gentes toupies rouges de mon
étalage? Elles virent, virent, comme des belles
au chant des cornemuses, et ronflent mieux que
la batteuse du domaine de Crille, bien sûr.
Et Gendron, mon gendrillon, né au pays des
Innocents, celui-là, fiancé de toutes les riches
héritières, et qui, en attendant le jour des noces,
prenait philosophiquement ses quartiers d'hiver dans une étable, — le pé Gallet, sorte de
tond-les-œufs rabougri, maigre et rasé, à tête
chafouine sous son chapeau clabaud... En été,
il se rendait avec sa bourrique à tous les marchés
du voisinage, marchant pieds nus aux montées
des routes, afin de ménager ses sabots... —
Péciot-Boulot, de la Chaume, tour à tour agité
de craintes risibles et d'espérances folles, chaque

fois que sa truie garelle devait goreter, — la mère Taillandier, vénérable rebouteuse à *dorlotte* noire... Elle m'a bel et bien guéri du bourgeon, quand j'étais enfant. A toute fin utile, je transcris la formule :

« Mon agneau, ferme les yeux et écoute.

« Notre Seigneur avec le bon saint Lazare se promenant parmi les champs, rencontrent une vierge assise sur une pierre blanche. Notre Seigneur demande : « O vierge! que fais-tu là? — « Maître, dit-elle, j'ai si grand mal aux yeux que « j'en perdrai la vue. — Non, vierge, les vents « qui ont venté et qui venteront te guériront. »

Puis elle promena par trois fois sur mes paupières closes son index mouillé de salive, — et je fus guéri...

Entendre le naïf et rude parler des anciens du terroir eût, j'en suis sûr, rempli d'aise l'artiste que vous êtes, car ce n'est pas le parler du pays de George Sand qui fleurit là. Maints *sujets* berrichons s'y sont greffés, il est vrai; mais la souche est, je crois, restée plutôt nivernaise.

Quoi qu'il en soit, ce dialecte conservé par les gens de chez nous est d'une saveur spéciale; il

n'est guère que la langue française du seizième
siècle. Nombre d'expressions pittoresques, de
tours naïfs et charmants dont usèrent mer-
veilleusement les grands écrivains de la Renais-
sance, émaillent encore les propos de nos
paysans. Cela s'explique : n'est-ce pas juste en
cette région du Centre que se forma le premier noyau de la nationalité française? Nos
ancêtres ne furent jamais du parti de l'étranger.
Dès que parut la bonne Pucelle, ils vinrent bravement se ranger sous son étendard. Et certes
les Anglais, qui rasèrent le château de Cortz,
s'en aperçurent, car leurs bandes finirent en
peu d'années par disparaître, fondant comme
lard en poêle chaude...

## II

Ma grande douleur eût été de ne pouvoir vous montrer la pauvre maison où j'ai passé les meilleures années de ma vie. Elle n'existe plus. Une construction nouvelle, presque cossue, l'a remplacée. Avec l'inscription qu'elle porte sur l'oreille : *Parva domus, magna quies*, elle a l'air d'une dame égarée dans le paysage d'alentour.

Notre maison était située à dix minutes de Cortz, sur la route de Cuffy. On l'appelait *la Marichauderie*, mon père étant forgeron de son métier. Elle s'ouvrait sur des prairies arrosées par un riau issu de l'étang de Saint-Gris. Je dis « notre maison », parce qu'elle nous abrita longtemps et que nous l'avons aimée, mais elle ne nous appartenait point. On nous le fit bien voir.

Ce fut le 11 novembre de l'Année-Terrible que

nous quittâmes définitivement le pays. Je
n'avais que douze ans. Pourtant je me rappelle
les détails de cet exode comme s'il datait d'hier.

Mon père et maman étaient prévenus depuis
longtemps déjà du jour où nous devions plier
bagage. Ils n'en soufflèrent mot, ni devant mon
frère Pierre, ni à plus forte raison devant moi
qui étais le plus jeune. Mais notre sœur Amélie,
dont les seize ans venaient de sonner et qui
prenait déjà des airs de grande personne, était
dans la confidence. Comme rien ne pèse tant
qu'un secret, la langue lui démangeait singu-
lièrement. Enfin n'y tenant plus, elle nous dit
un jour, pour nous amorcer :

— Si vous saviez!... Ah!

— Quoi donc?

— Je ne peux vous le dire.

— Heu! tu ne sais rien.

— Vraiment?

— Rien de rien. Ménage tes sornettes, ça
vaut mieux.

Ce que nous avions prévu arriva. Voulant
nous confondre, elle lâcha tout.

— Eh bien! Nous quittons la Marichauderie

à la Saint-Martin prochaine. Nous allons à Farchat, un grand domaine du comte, qui se trouve très loin, de l'autre côté de Nevers. Je connais les charretons chargés de nous y conduire : ils s'appellent Filisse et Jean Madlin... Ah!...

Si c'était vrai, tout de même!... Nous allâmes interroger maman, afin de savoir à quoi nous en tenir... Hélas!...

Ce ne fut donc pas une surprise de voir, la veille de la Saint-Martin, vers une heure de l'après-midi, deux longues voitures vides entrer dans la cour.

Filisse et Jean Madlin ayant dételé et remmené les bêtes à Crille, les deux chariots restèrent à la Marichauderie et, séance tenante, le déménagement commença. Mon père, avec une douleur sourde, se mit à la besogne. Il démonta d'abord les gros meubles. Chaque coup de marteau nous écrasait le cœur. Quand il vit devant la porte, épars, disjoints, lamentablement mutilés, pour nous suivre en exil, ces vieux témoins de notre vie familiale, il vint, sans mot dire, embrasser ma mère. Furent chargés sur les chariots la maie ancienne, les lits à quenouilles, le buffet avec le dressoir, la grande armoire de noyer, la pendule, la commode Empire, la table ronde à pieds tournés, pendant que maman s'occupait avec nous de ranger en deux vieux coffres la vaisselle et le linge. Enfin on étendit sur chaque voiture une grande bâche, pour garantir le tout contre le mauvais temps possible jusqu'au lendemain.

Avant le jour, quand Filisse et Jean Madlin reparurent, nous étions déjà debout. Sur la table carrée (le seul gros meuble qui restât dans le logis), une soupière pleine de café noir fumait près de la lampe claire. Autour, des tranches de pain grillé, des tasses dépareillées, une bouteille d'eau-de-vie. Maman servit à la ronde. Les hommes parfumèrent de riquiqui leur breuvage : une gouttelette nous fut accordée pour nous donner du cœur. Nous étions gais maintenant; et la collation se fit au pied levé, pendant que les juments, déjà attelées, hennissaient d'impatience et piaffaient dehors.

Ensuite on accrocha aux pointes des ridelles tous les ustensiles dont il avait fallu réserver

l'usage jusqu'au bout : crémaillère couleur de
suie, seau de bois cerclé de fer, poêle, bouillotte,
chaudron, landiers à gland, chaises de paille.
Puis la table fut hissée au faîte d'une voiture
et, pour couronner le chargement, les paillasses
et les pauvres matelas sur lesquels nous venions
de passer la dernière nuit. Enfin les bâches
ayant été derechef tendues en toit et fixées
par des cordes aux quatre coins des chariots,
on aménagea sur le devant de chacun d'eux,
avec force paille, planches et couvertures, une
sorte de niche pour loger et garantir du
froid, pendant le voyage, émigrants et con-
ducteurs.

— A présent, dit mon père, la bourgeoise, la
Mélie et Louis vont prendre place dans la première voiture, celle de Filisse; Pierre et moi,
dans la seconde, celle de Jean Madlin.

Puis s'étant assuré que rien ne clochait trop,
il s'en fut à sa place sur l'avant du second cha-
riot, y monta lestement et dit :

— En route!

Une pétarade de fouets claquant accompa-
gnée de grincements de roues... Nous étions

partis. Filisse consulta sa montre : elle marquait
cinq heures.

Le jour commençait à peine. Sur l'horizon,
derrière les hautes cheminées de Fourchambault, s'allongeait pourtant une mince écharpe
orange. Il faisait fort froid pour la saison.

Le chemin descend jusqu'à la Bergerie, fran-
chit le riau de Saint-Gris sur un vieux pont de
pierre, escalade la petite côte d'en face et s'en
va sur Cuffy, après avoir coupé la route de
Nevers que nous devions prendre. Parvenues
au croisement, les voitures virèrent donc sur
la gauche et s'avancèrent dans la nouvelle direction. C'est alors seulement que j'eus conscience
de ce qui se passait. Qu'elle était loin, mon insou-
ciante gaieté tout à l'heure allumée par la goutte
de riquiqui! Me pesait sur le cœur une tristesse
lourde, — lourde à m'étouffer. Je te quittais,
cher pays de mon âme, et il me semblait que je
ne te reverrais jamais plus! Je me raidissais,
comme un petit homme, afin de ne pas éclater
en sanglots, comme un enfant. Et je crois bien
que le bon Filisse devina ma détresse, car s'étant
penché vers moi, il me dit tout doucement :

« Enfonce-toi jusqu'au fond de ce petit trou, Louison, et tâche de dormir un brin : cette vilaine bise coupe la figure. »

Je me reculai sans répondre, pour pleurer tout mon content. Le crépuscule enveloppait encore la plaine; les essieux, les roues et les sabots des chevaux sonnant sur la chaussée, j'avais les oreilles endolories par la persistance de ce grand bruit sourd. Ni ma sœur, qui se trouvait à ma gauche, ni maman ne s'aperçurent pourtant de mon émoi.

Je fermai les yeux et finis par m'endormir.

.   .   .   .   .   .   .   .   .   .   .   .   .   .

— Oh! que c'est beau, Nevers! Que c'est beau! Le couvent de Saint-Gildard, la cathédrale... Regarde!

C'était ma sœur qui piaillait de la sorte, au moment où nous arrivions devant la ville. J'étais à peine sorti de ma torpeur. Elle se trémoussait de plus belle, me pinçait à la sourdine, — ne pouvant admettre que son enthousiasme ne fût pas partagé.

— Tu ne vois pas, hein? Tu ne vois donc pas? répétait-elle.

— Hé! laisse-moi tranquille, à la fin!

A présent nous longions la station du chemin de fer; d'innombrables wagons tristes et vides semblaient figés sur les rails, à l'écart. D'affreux sifflets, déchirant le brouillard, me faisaient douloureusement tressaillir. Attelées à des trains, des machines énormes surgissaient brusquement, vomissant d'épaisses fumées, se sauvaient par les voies libres en galops éperdus, en fuites échevelées, avec des râles, des hurlements prolongés, des halètements de bêtes; d'autres, lancées à toute vapeur, s'engouffraient, suivies de convois assourdissants, dans le grand hall... Cet effroyable vacarme acheva de désemparer le petit sauvage que j'étais alors.

— Où allons-nous, mon Dieu!

Et ma pensée, prise d'affolement comme un oiseau, s'en revenait à la Marichauderie, pendant que des larmes me brûlaient les joues.

— Qu'as-tu, mon Louison? dit ma mère.

— Je n'ai rien, m'man. (Ce que j'avais, hélas! comment aurais-je pu l'exprimer?)

— Mon Dieu! murmura-t-elle en se penchant pour m'essuyer les yeux.

Ah! que dans son regard plein d'amour et de
pitié je vis bien qu'elle comprenait mon obscure
angoisse!

Heureusement, les deux chariots, tournant
sur la gauche, s'éloignaient de la gare et péné-
traient au cœur de la ville par une avenue. Ils
prirent bientôt la rue du Midi à peu près dé-
serte, puis la rue Saint-Genest qui contourne la
colline sur laquelle se dresse la cathédrale et
vinrent déboucher sur la place Mossé, devant
le pont de Loire. Nous traversions le fleuve,
quand, par une subite éclaircie, apparut le soleil. Cela, comme par enchantement, dissipa
mon gros chagrin... Les enfants changent d'humeur à la façon des abeilles : un nuage les inquiète, un rayon les met en joie.

C'est au village de Sermoise, dans une auberge
située près de l'église, que nous devions faire la
grande halte. Le hameau de la Jonction qui
s'échelonne, dès la sortie de la ville, le long de la
route et du canal, était déjà loin derrière nous,
quand mon père cria :

— Hardi, Filisse! Je vois le clocher. Encore
dix minutes, et nous y sommes!

En effet, le coq de fer, juché sur son perchoir, derrière les grands peupliers du canal, nous regardait venir. Les voitures s'arrêtèrent devant l'*Auberge des Rouliers*, tenue par Bajaud, maître forgeron. Nous descendîmes, sans nous faire prier. En un tour de main les deux charretons eurent dételé leurs bêtes. Pendant qu'elles s'abreuvaient et prenaient picotin dans la cour, nous entrâmes à l'auberge, en attendant que le « goûter » fût prêt. Prévoyant ce repas en cours de route, maman avait fait cuire aux navets une oie magnifique, — la dernière de son troupeau de la Marichauderie. Elle s'en fut donc chercher le faitout pansu qui contenait le fricot figé dans sa graisse couleur de miel et l'apporta devant la cheminée où deux souches brûlaient allongées sur les chenets. Puis, saisissant les pincettes, elle fit sur la taque de l'âtre un lit de braise ardente, y posa la casserole de terre brune. Et la blonde gelée de fondre, et le ragoût de chanter doucement, pendant qu'un délicieux fumet, s'exhalant du couvercle, embaumait la vaste salle de l'auberge.

— Tout le monde à table! dit maman.

Un ordre qui tombe à point ne soulève guère d'objections. Celui de maman eut un succès complet... Son fricot aussi, — car il n'en resta rien. On mordait à même les tranches de miche fraîche, et de temps en temps chacun s'arrosait la luette d'un petit coup de vin blanc, pour se ravigoter.

Assise au coin du feu et tricotant, Mme Bajaud en souriait d'aise. Et, le moment venu, elle nous servit une salade de laitue à l'huile de noix, un fromage bleu, des reinettes à joue vermeille. Oh! le rustique et bon festin!...

L'année dernière, certain jour d'automne, il m'arriva de repasser seul devant l'auberge des Rouliers. Une vieille, en coiffe de deuil, était assise au soleil, devant la porte couronnée d'une treille à belles grappes d'ambre doré. Il me sembla la reconnaître : c'était l'ancienne patronne. Sa pauvre figure flétrie faisait peine à voir. Aucun bruit de marteau sur l'enclume. J'eus un moment l'idée de m'approcher... A quoi bon? elle ne se souviendrait plus.

Cependant, vers une heure de l'après-midi,

l'on se remit en marche. Il nous restait à faire
quatre grandes lieues de pays. Le ciel était
triste, le vent glacial, la campagne noyée dans
une espèce de brume grise. Nous débouchâmes
dans la vallée de la Loire. Sur notre droite, la
ligne des collines boisées nous protégeait un peu
contre la bise. Emmitouflées dans leur capeline
et dans la laine, maman et ma sœur ne disaient
rien. Une grosse cravate de molleton me cou-
vrait la tête et le visage, ne laissant à nu que
mes yeux pour voir et le bout de mon nez pour
respirer. Les favoris de mon père étaient fleuris
de givre. A chaque montée, nous descendions
de notre niche, afin de nous réchauffer les pieds
en marchant; nous y remontions, le raidillon
franchi, car alors les juments, excitées par
l'avoine de maître Bajaud, allaient dur. Le
temps sentait la neige et la tempête. Quand
nous fûmes dans les parages de la Grande Vèvre,
quelques flocons blancs papillonnèrent, d'ailleurs vite emportés au souffle des rafales... Enfin
nous rencontrâmes le chemin de Farchat, qui
s'amorce à la route un peu avant d'arriver au
domaine de Villard. Un quart d'heure après,

nous nous arrêtions en face de notre nouveau
logis, dont un voisin nous ouvrit la porte.

Nous y entrâmes, comme la nuit tombait.
Un taudis, en comparaison de notre chère Marichauderie abandonnée le matin même! Mon père
fut obligé de se courber pour en franchir le seuil.
Une odeur de cave et de moisi nous sauta au
nez. Maman pleura.

— Ce n'est pas gai, ici, ma pauvre bourgeoise!
dit mon père. Le patron ne s'est pas ruiné pour
nous faire honneur.

De fait, les deux pièces étaient assez larges,
mais fort basses, avec une seule fenestrelle dans
le fond, étroite comme un soupirail; les murs
dartreux s'écaillaient au toucher. Vu à la clarté
d'une petite lampe clignotante et fumeuse, tout
cela n'en paraissait que d'une misère plus na-
vrante. Ma sœur, mon frère et moi, nous res-
tions à grelotter dans un coin sombre, serrés les
uns contre les autres, sans rien dire. Mais notre
père était un abatteur de besogne comme j'en
ai peu vu dans ma vie. En moins de dix minutes
le poêle fut monté, « bourré », allumé. Le froid
était devenu terrible. Grâce au concours des

charretons et de plusieurs voisins, l'emménage-
ment ne traîna point. Et la femme du basse-
courier Frisot nous ayant apporté la soupe, on
se mit à table en silence, et l'on se coucha. Long
à venir fut le sommeil, mais par bonheur le
poêle ne cessa de ronfler toute la nuit...

Je n'ai gardé aucun bon souvenir des deux
ans passés à Farchat; ma famille non plus, du
reste. Le régisseur chargé de l'exploitation de
l'immense domaine avait amené avec lui (de
Vinon, en Sancerrois) une véritable colonie —
basses-couriers, charretons, chef des porcheries,
charron et charpentier, jardiniers et gardes —
qui s'était installée là comme en pays conquis.
Les femmes étaient presque toujours en gros-
sesse ou en gésine; et l'on voyait devant notre
porte une marmaille grouillante, encombrante
et malpropre, mêlée à la volaille multicolore et
piaillante vaguant toute la journée par les
cours. Comment nous acclimater en ce milieu?
De plus, nous étions, pendant les premiers mois
du moins, dans une gêne fort voisine de la misère : la guerre, la grande guerre ne finissait pas,

l'argent se faisait extrêmement rare, une partie
des maigres appointements de mon père n'était
plus payée en numéraire mais en nature... Nous
eûmes des jours sombres. Par des prodiges
d'économie et les rudes privations qu'elle s'im-
posait, ma brave et sainte maman avait tout de
même réussi à dissimuler jusque-là notre détresse... Nous ne savions que trop à quoi nous
en tenir maintenant! C'est aux salutaires ensei-
gnements tirés de certains faits de ma vie à
cette époque que je dois sans doute le peu que
je vaux...

Puis s'effectua la dispersion de notre famille.
Ma sœur se maria, mon frère s'en fut en apprentissage. Moi-même j'entrai au petit séminaire
de V***, l'une de mes tantes ayant offert, dans
un bon mouvement, de payer la dépense. Restés
seuls, nos parents s'en allèrent aussi quelque
temps après.

Jamais aucun de nous, que je sache, ne revint
à Farchat.

# III

Quant à ma terre natale, à ma petite patrie, je l'aime toujours du même grand amour. Après tant d'années, sa tranquille image revient encore me sourire, comme le cher visage d'une aïeule depuis longtemps disparue. En dépit de l'interminable et douloureuse séparation que m'impose la vie, je lui reste lié par des fibres que je sens fines, intimes et profondes.

C'est par elle que mon âme communie avec l'âme de ceux dont je suis sorti et que je n'ai pas connus : sa lumière les a réjouis autrefois, comme elle accueillit mes premiers regards sur ce monde. Elle les a bercés, nourris, réconfortés, avant que leurs poussières ne soient retournées se confondre en elle. Et moi-même, bien qu'arraché trop tôt à ses bras, comment pourrai-je oublier que j'ai commencé de respirer sur son cœur? Oh! pendant mes lointains exils, que de fois son souvenir évoqué m'a tiré de peine et rendu courage au moment où mon défaillant espoir allait s'éteindre et sombrer, comme une étoile, dans la mer!

L'infatigable nourrice de ma race me reste sacrée...

Il me serait doux de la retrouver à l'approche de mon dernier soir et de lui confier mon suprême sommeil, en attendant le jour de Dieu. Mais, hélas! rien de plus vain que les désirs des hommes... mon vœu le plus cher ne s'accomplira pas sans doute. Quoi qu'il en soit, je me résigne. Nul ne sait d'avance où la Mort viendra le surprendre et si une main pieuse sera là pour lui fermer les yeux!

FIN

# TABLE DES MATIÈRES

PARIS. TYP. PLON-NOURRIT ET Cⁱᵉ, 8, RUE GARANCIÈRE. 12148

# BIBLIOTHÈQUE DE ROMANS

de la Librairie PLON

---

## DERNIÈRES PUBLICATIONS

BRADA. — Ame libre.

LA BRÈTE (Jean de). — *Illusion masculine.

POUVILLON (Émile). — Terre d'Oc.

BOURGET (Paul). — Les Détours du cœur.

THIRY (René). — Monsieur Gendron va au peuple.

ALANIC (Mathilde). — *La Romance de Joconde.

BOULOC (Énée). — Les « Pagès ».

DORIS (Henri). — La Grande Déesse.

ARDEL (Henri). — *L'Été de Guillemette.

WHARTON (Edith). — Chez les heureux du monde.

GAUTHEY (Lucie). — L'Inutile Volonté.

PRAVIEUX (Jules). — Mon Mari.

VERNIÈRES (André). — Camille Frison.

LESUEUR (Daniel). — Nietzschéenne.

DAUDET (Ernest). — Au galop de la vie.

DAVERNE (André). — *Le Prix du sang.

BLAISE (Jean). — Rêve de lumière.

DELMAS (Armand). — L'Armoire au linge blanc.

MARESCHAL DE BIÈVRE (Georges). — *Le Cœur s'éveille.

MARGUERITTE (Paul). — Les Jours s'allongent.

HUYSMANS (J.-K.). — Trois églises et trois primitifs.

EDGY. — La Couronne de roses.

BARAUDON (Alfred). — Enracinés.

KILIEN D'ÉPINOY. — *Amour et dot.

FAUER (Renée). — Armelle et son mari.

PONTEVÈS-SABRAN (Mᵐᵉ de). — Le Curé de Sainte-Agnès.

Prix de chaque volume...................... 3 fr. 50

---

Les volumes dont le titre est précédé d'un * peuvent être mis entre toutes les mains.

---

PARIS. TYPOGRAPHIE PLON-NOURRIT ET Cⁱᵉ, 8, RUE GARANCIÈRE. — 12148.

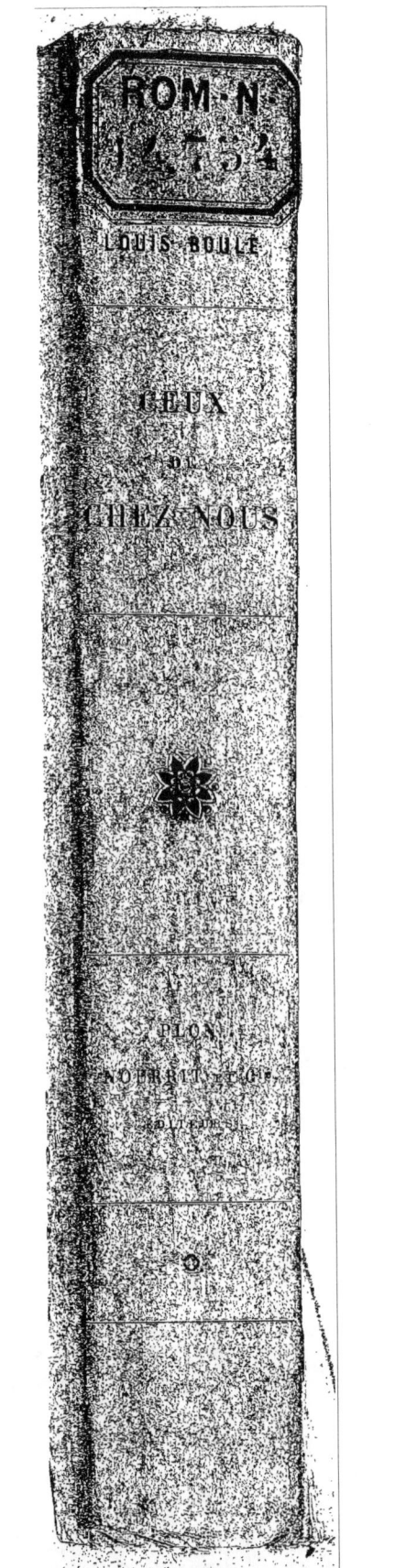

LOUIS BOULÉ

CEUX
DE
CHEZ NOUS

PLON
NOURRIT ET CIE
ÉDITEURS

www.ingramcontent.com/pod-product-compliance
Lightning Source LLC
Chambersburg PA
CBHW050204030726
47505CB00005B/1508